JN061090

マドンナメイト文庫

アイドル姉と女優姉　いきなり秘蜜生活

綾野 馨

目次
contents

アイドル姉と女優姉 いきなり秘蜜生活

プロローグ

三月下旬の土曜日。時刻は午後三時前であった。この春から高校二年生になる桂木《かつらぎ》裕一《ゆういち》は、大型のキャリーケースを引き港区《みなと》六本木《ろっぽんぎ》に来ていた。

(うわっ、すっごいマンション。ほんとに僕、今日からここに住むの？)

目の前にそびえ立つタワーマンションを見上げ、若干の気後れを感じてしまう。裕一はこれまで、世田谷《せたがや》区奥沢《おくざわ》にある一軒家で外資系金融会社に勤める父と二人で生活していたのだが、その父がスイスに転勤となった関係で、十三年前に父と離婚した母親の家に引っ越すことになったのだ。その家が、目の前のタワーマンションである。

(こんな一等地のタワマンに住めるなんて、お母さんはどんな仕事をしてるんだ)

両親の意向により、離婚後は一度も会っていないため裕一に母の記憶はない。それだけにどんな人物なのか、皆目見当がつかなかった。聞かされているのは父の大学時みた。母は当時と同じ川崎の自宅に住み続けているものの、十数年前に手紙で知らされた義理の兄だという人物もいなかった。その先は、仕事関係に住所と母の年齢から推測しての調べだ。

代の同級生で名前は村松静子《むらまつしずこ》。今年四十八歳。再婚はしていないという情報のみ。

（鍵はもらってるんだし、行くしかないよな。荷物だって、もう送っちゃってるし）

これも離婚時の取り決めとして、子供の成長は定期的に報告することになっていたようで、父は年に数回、母と連絡を取っていたらしい。今回、自身の転勤に際して日本に残る裕一の生活をどうするかの話もしたらしく、静子が自分のところで面倒を見ると告げ、鍵を父に託してくれたのだ。

覚悟を決めると、裕一は高級ホテルかと思えるほどに豪奢《ごうしゃ》な車寄せがあるエントランスへと向かった。まばゆいばかりの白大理石が敷き詰められた通路。その先にあるオートロックパネルに鍵をかざすと、音もなく自動ドアが開いた。

キャリーケースを引いて進む先には、広々とした吹き抜けのラウンジロビー。先ほどの通路とは違う落ち着いた色味の空間が広がっていた。コンシェルジュカウンターには若い男女が立ち、高そうなソファがゆったりとした間隔で設置されている。

（僕、完全に場違いだろう）

雰囲気に呑まれそうになりつつ、裕一は足早にエレベーターホールへと向かった。

エレベーターホールは低層階、中層階、高層階の三つに区分けされている。母が住む部屋は高層階である四十五階。再び鍵を使ってエレベーターホールの自動ドアを通り抜けると、すぐさまポンッという音が鳴り、六つあるエレベーターの一つが開いた。

（すごっ！　ボタン押さなくても四十五階のランプ、点《つ》いてるよ。あぁ、ここ四十八階建てなのか。こんなところに住めるお母さんって、ほんと、何者？）

　すでに四十五階のボタンが点灯していることに驚きつつ、最上階が四十八階であることを確認。再会が間近に迫る母を思い、緊張を新たにする。再びポンッという音とともにエレベーターの扉が開いた。早くも四十五階に到着したようだ。

　フカフカのカーペットが敷かれた内廊下は、間接照明でシックな雰囲気を醸し出している。その廊下の両側には部屋の広さを示すかのように、重厚な玄関扉が広い間隔を空けて並んでいた。

（お母さんの家とはいえ、いきなり鍵を開けて入るのはさすがに失礼だよな）

　母の部屋の前に立った裕一は一度深呼吸をし、玄関脇のインターホンを押した。

「はい？」

「あ、あの、僕、裕一、です」

「あら、いらっしゃい。いま開けるからちょっと待っていて」

　凜とした声の直後、応答が切られた。間もなくカチャリとロックを解除する音が聞こえ、玄関扉が開けられた。

「こ、こんにちは、ぼ、僕」

「いらっしゃい。お父さんから聞いてはいたけど、大きくなったわね。と言っても、当時三歳だったあなたは、ママのこと覚えてないか。さあ、あがってちょうだい」

姿を見せた女性は、自宅にいながらも品のよさを感じさせるワンピースを着ていた。うりざね顔は肌艶の衰えもほとんど感じられず、切れ長の瞳にほどよく通った鼻筋、唇は少しうすめで、全体的に研ぎ澄まされた雰囲気をまとっている。

「お、お世話になります。お邪魔します」

「今日からはここが裕一の家なんだから、今度からは『ただいま』よ」

そう言って静子は優しく微笑み返してくれた。

「送られてきた荷物は、裕一に使ってもらう部屋に運んであるから、あとで確認してちょうだい。まずは、簡単に家の中を案内するわね。あっ、コートはそこのシューズインクロークの中に掛けられるわよ」

「うん、あの、ありがとう、お母さん」

「裕一にお母さんって呼んでもらうの、初めてね。なんだか嬉しいわ」

着ていたダッフルコートを脱いだ裕一が多少の恥ずかしさを覚えつつ母と呼ぶと、静子の顔には柔らかな笑みが広がった。その微笑に裕一の心にも温かな気持ちと安心感が広がり、本当に目の前の女性が母親なのだと思えた。シューズインクロークの空いているハンガーを使い、コートを掛けさせてもらう。

母が住む家は本当に広かった。玄関をあがり、用意されていたスリッパをつっかけ母のあとをついて右に進む。すると、廊下がL字型をしていることがわかる。ちょうど直角に曲がる部分の左手に透かしガラスの扉があり、右に折れた廊下の先、正面と右手には木製の扉が見えている。

「まずはここがリビングね」

静子がガラス扉を開けると三十畳以上はありそうな広々したＬＤＫがあらわれ、大きな窓からは正面に東京タワーが見えていた。

「す、すごい……」

「感動するのは最初のうちだけですぐに日常になってしまうわ。さあ、こっちよ」

素直な感動を口にする裕一に母が再び優しい微笑みを浮かべると、ＬＤＫの壁の一角を指さした。そこには天井から吊りさげられた引き戸があり、それを開けた先には新たな内廊下が出現。その廊下の右側に二つ、左側と正面に一つずつ扉があった。

「ここが裕一に使ってもらう部屋よ。隣はママの部屋で、反対側の扉はお風呂、突き当たりがトイレよ」

静子はそう言って手前の木製ドアを開けてくれた。

「えっ、こんな広い部屋、いいの？」

その洋室にはすでに机とベッドが置かれ、壁際には事前に送っておいた段ボールが積まれている。

「空いている部屋はここだけなの。それに、この家で一番狭いのよ。七畳だし」

「そ、そうなんだ」

奥沢の自宅の自室は六畳ほどだったため、充分すぎる広さだ。

「机とベッドはお姉ちゃんが昔使っていたお古だけど、充分、使えるでしょう」

「えっ!? あ、あの、僕に姉弟《きょうだい》、お姉さんがいるんですか？」

「えっ？ もしかして、あなた、姉弟のことお父さんからなにも聞いていないの？」

驚きの新情報に改まった口調となった裕一が、母の顔をまじまじと見つめると、静子も信じられないといった表情でそんな問いを返してきた。

「は、はい」

「はぁ、呆れた。ほんと、聞かれないことには一切答えないあの性格、変わってないのね。裕一、あなたは三人姉弟の末っ子で、長男よ」

息子になにも教えていない元夫に呆れ顔を見せつつ、家族構成を教えてくれる。

「で、この机とベッドは上のお姉ちゃんが使っていたものなの。上のお姉ちゃんはいま一人暮らしをしているけど、たまに戻ってくるからそのうち会えるわ。で、下のお姉ちゃんはいまもこの家に住んでるけど、今日はちょっと出かけているの。ただ、夕食には間に合うって話だったから、会ったときにゆっくり話しなさい」

「そう、だったんだ。ずっと一人っ子だと思ってたんで、ビックリです」

母の顔に悪戯っぽい笑みが浮かんでいるのが気になるが、とりあえず頷《うなず》いておく。

「離婚後はお互いに干渉しないって話になってたから、それもあるんでしょう。でも姉弟の存在も教えていないとは思わなかったわ。それで、お姉ちゃんたちの部屋は玄関からの廊下にリビングドアのほかに二つ扉があったでしょう。手前はトイレだけど、奥の扉を開けた先がやっぱり内廊下になっていて、そっちに二部屋あるのよ」

「あぁ、あのドアの先はそうなってるのか。僕が行くことはあまりなさそうですね」

改めて母の家の広さを感じつつ、裕一は納得したように何度も首肯した。

「そうね、部屋の片付けも自分たちでやらせているから、ママもあまり入らないわ。とりあえず、ルームツアーはこんなところにして、リビングでお茶にしましょう。そのあと、夕食の時間まであなたは荷物の整理でもすればいいでしょう」

そう言う静子のあとにつづくかたちで、裕一は再びリビングへと戻るのであった。

「うわっ、これ、すっごく美味しいよ、お母さん」

ナイフを入れた瞬間に肉汁が溢れた熱々のハンバーグを口に入れ、裕一は頬が自然と緩むのを感じた。通常よりも粗めにひかれた挽き肉の肉々しさと、しっかりと炒められた玉葱の甘さに絶妙なスパイス加減。そして、デミグラスソースの奥深さが渾然《こんぜん》一体《いったい》となり口の中いっぱいに広がっていく。

午後七時すぎ、裕一は大きなダイニングテーブルで静子と向かい合っていた。メニューは母が作ってくれたハンバーグ。白いお皿の上には、ハンバーグのほかに副菜としてニンジンのグラッセとマッシュポテト、そしてホウレン草のバター炒めが載っている。そのほかにもオニオンスープとグリーンサラダが出されており、どれを口にしても頬が落ちてしまうほどの美味であった。

（お母さん、とんでもないキャリアウーマンなのに、お料理もこんなに完璧にできちゃうなんて、ほんと、すごいな）

日中リビングでお茶をした際、母が世界的に有名なコンサルティングファームの日本法人で、上席の役員をしていることを聞かされた。凛《りん》とした強さと研ぎ澄まされた雰囲気をまとっているように感じたのは、あながち間違っていなかったようだ。

「そんなに喜んでもらえるなんて、ママも嬉しいわ」

ワインを口にしつつ裕一が食べる姿を見ていた静子が、慈愛に満ちた目で微笑みかけてくれる。母親のいる家庭で育ったのならきっと当たり前の光景。しかし、父子家庭で育った裕一には面映《おもは》ゆく感じてしまう。だが、同時になんともいえない安らぎを覚えるのは、本能が目の前の女性を母と知っているからだろう。

「お父さんはほとんど料理しなかったから、僕がやってたんだけど、それ、全然イヤじゃなかったんだよね。きっと、お母さんの血だね」

「うふっ、じゃあ、今度、裕一になにか作ってもらおうかしら」

にっこりと母が微笑んだ直後、玄関側の廊下の扉が開けられた。

「ただいま。ごめん、少し遅れた」

若々しく涼やかな声。出かけていた下の姉が帰宅したようだ。

「えっ！　ＴＤＧの村松、梨奈《りな》、さん？」

座っていた椅子から振り返った裕一は驚きの声をあげ、あらわれた女性をまじまじと見つめてしまった。艶やかなセミロングの黒髪。卵形の顔は美しさと可愛らしさが見事に同居しており、細身の身体からは生気が漲《みなぎ》り、まぶしいほどに輝いて見える。

リビングに入ってきたのは、いまや飛ぶ鳥を落とす勢いの超人気アイドルグループ

TDG（トウキョウ・デスティニー・ガール）の中心メンバーで、芸能関係に疎《うと》い裕一ですら顔と名前が一致する超有名人であった。

TDGは四年前にオーディションによって選ばれた十五名で結成。一年間のボイストレーニングとダンスレッスンを経て、三年前にデビュー。当初は鳴かず飛ばずであったが、一昨年の冬に出した曲の大ヒット以降、人気は右肩あがりであった。TDGは毎年新人を迎え入れているが、梨奈は結成当初からのいわゆる一期生だ。

（どういうこと？　なんでアイドルの村松梨奈がここに。あっ！　村松ってお母さんの名字といっしょじゃないか。ということは、まさか、僕のお姉ちゃんって……）

「あら、お帰りなさい。いま、梨奈の分、準備するから、手、洗ってきなさい」

「うん、わかった。でも、その前に……、こんばんは、あなたが裕一くん？」

「えっ、あっ、は、はい、そうです」

にっこりと微笑みながら語りかけてきた梨奈に、裕一は顔を少し強張《こわば》らせながら頷くと、当たり前のように迎え入れ、声を掛けていた母に戸惑いの視線を送った。

「正真正銘、裕一のお姉ちゃんよ。とは言え、あなたたち双子だけどね」

「ふっ、双子!?　いや、だって、全然、似てないし」

顔と名前が一致する超有名人だとしても生年月日までは知らない。新たな情報に理解が追いつかなくなりそうだ。そもそも、美しさが際立つトップアイドルと、どこにでもいる平凡な自分。いきなり双子と言われても納得できるものではない。

「男女の双子なんだから、二卵性に決まってるでしょう。似てなくても全然おかしくないわよ」

「もしかして裕一くん、知らなかったの？」

戸惑いの眼差しを母に向けていると、梨奈が可愛らしく小首を傾《かし》げてきた。

「どうやら姉弟のことはなにも知らされずで、一人っ子だと思っていたみたいよ」

なんとか現状理解に努めようしている裕一に変わり、静子が説明してくれた。

「そうなんだ。じゃあ、お姉ちゃんに会ったら、またビックリするわね」

「えっ？」

何気なく放たれた梨奈の言葉に、裕一は訝《いぶか》しげな表情を浮かべた。

「まっ、それは追々わかるからいいでしょう。なにはともあれ、二人が姉弟であることは間違いのない事実なんだから、これから仲よくやってちょうだい」

「は、はい」

（お母さんのいまの言葉からすれば、もう一人のお姉さんも有名人なんだろうな）

父と暮らしていたときとは別の世界に入りこんでしまった感覚になる。

「きっと戸惑うこともあると思うけど、これからよろしくね、裕一くん」

「はい、こちらこそよろしくお願いします。梨奈、さん」

トップアイドルの微笑みに胸がキュンッとなった裕一は、頬を赤らめ頭をさげた。

「堅苦しいわね。お見合いじゃないのよ。それに双子なんだから『くん』とか『さん』は要らないでしょう」

十三年ぶりの対面にぎこちなさが出ている子供たちに、母が苦笑を浮かべながら首を左右に振っている。その様子に、裕一と梨奈も自然と頬を緩めるのであった。

第一章　癒やしの禁断エッチ

1

（こ、これは、すごい！　絶対にこの空間、酸素、うすいよ）

実母と双子の姉との新たな生活がスタートして二週間、新学期がはじまって一週間が経《た》とうとしていた金曜日の午後七時すぎ。裕一は神宮前交差点付近から一本入った裏通りにある、ＴＤＧの専用劇場に来ていた。

劇場といっても広い箱ではない。レコード会社が所有する五階建てのビルで、一階にはグッズショップがあり、二階が専用劇場、三階にはレッスンスタジオと控え室。四階、五階はＴＤＧ運営会社とレコード会社のオフィスになっていた。

百二十人も入れば満員になる空間に、裕一と同世代か少し上の人たち、圧倒的に男性が詰めかけ、総立ちでステージ上で繰り広げられる生ライブに熱狂している。

当然、チケットは超がつくほどのプレミアであり、簡単に手に入るものではない。今回、裕一はメンバーの家族として見学させてもらっていた。そのため、席も最後方に位置するPA席の端の椅子であり、絶対に立ちあがらないよう、注意されていた。

(デビュー当日のライブは、お客さんよりメンバーのほうが多かったって聞いたけど、いまのこの感じからはまったく想像つかないよな)

梨奈から直接聞いた話からは想像できない熱狂。専用劇場のライブはほぼ毎日開催されており、出演者は現TDGメンバー四十人ほどの中から、日替わりで十人前後。コンスタントにテレビ出演しているメンバーは二十名弱。梨奈はその中でもトップクラスの人気を誇っている。そんな姉がとてつもない歓声と嬌声を受け、観客席から数段高くなっただけのステージ上で、輝くばかりの笑顔を振りまき躍動していた。

(こんなに激しく踊りながら、音を外さないで歌えるんなんて、ほんとすごいな)

デビュー直後のまったく売れなかった時代を知っているメンバーは、満員の観客の前で行うパフォーマンスの尊さを知っているだけに、歌唱やダンスにいっさいの手抜きがない。それが観ている側にもヒシヒシと伝わってくる。そのエネルギッシュさがさらなる熱狂を生み出していく。初めて生のライブを経験している裕一も、心が熱く沸き立ち、椅子に座ったまま自然と身体が揺れ動いていた。

(テレビで見るだけだった村松梨奈が双子の姉だなんて、いまでも信じられないよ)

メンバーの九割は現役の学生であるため、学業が疎《おろそ》かにならないよう配慮されており、できるだけ学校に通えるようなスケジュールが組まれていた。そのため放課後や休日は仕事が目白押しとなり、同じ家で生活をしていてもゆっくりと話をする時間はなかなか取れていない。そのため、朝や夜に顔を合わせたときにはまだ若干の緊張を覚える。きっとそれは梨奈も同じだと思うのだが、姉はまったくそんなそぶりを見せず、まるでずっといっしょに生活してきたかのような自然体で接してくれていた。

「うおぉぉぉぉ、リ～ナ～～～～～～ッ!」

野太い声援が飛ぶなか、ステージ上では梨奈がセミロングの黒髪をなびかせ、キレッキレのダンスを披露している。そのさなか、姉の視線がこちらに向き目が合ったのがわかる。その瞬間、にっこりと微笑み、ウィンクを送ってきた。

その直後、「ンおぉぉぉ……」「リ～ナ～!」「梨奈、愛してる!」「梨奈!」会場全体のボルテージがさらにあがり、歓声と絶叫の大音量が鼓膜に突き刺さった。空調が効いているはずの場内の気温が、一気に上昇したような暑さを覚える。

（ＴＤＧの中心メンバーの一人だとは知っていたけど、これほどとは……。これは絶対、村松梨奈、リーねぇと双子の姉弟《きょうだい》だなんて知られるわけにはいかないぞ）

学校の友人には、父親が海外勤務となったため実母の家に引っ越し、そこから通っているとしか伝えていない。双子の姉がいることも、その姉が人気アイドルであることも伏せているのだが、ファンのとんでもない盛りあがりを目の当たりにすると、秘密のままにしておくのがベストだと思える。

その後もメンバーによるダンスと生歌のパフォーマンスがつづき、開演から一時間近くが経った頃、ようやくＭＣに入った。

「ええ、今日は足を運んでくれて本当にありがとうございます。みんなの顔がはっきりと見える距離でまたライブができて、とっても幸せです。今日は最後まで楽しんでいってください。村松梨奈です、よろしくお願いします」

上気した顔に美しい汗を滴らせた梨奈が、満員の観客に微笑みかけ頭をさげた。その瞬間、地鳴りのような大歓声が起こり、裕一は身体をビクッとさせてしまった。

「うぉぉぉぉぉッ！」「梨奈ぁぁぁぁぁッ！」「リ～～～ナァ～～～～」

自身に向けられた熱狂に、姉は手を振って応えていく。そのとき、またしても梨奈の視線がこちらに向けられ、年頃男子をキュン死させる破壊力を持った微笑みを送ってきた。弟なのにズキュンッと胸を射貫かれた裕一も、椅子に座ったまま思わず小さく手を振り返していた。

(双子の姉だって知らないでこんなの経験したら、一発でファンになっちゃうよ)

ほかのメンバーの挨拶を聞きつつ、裕一はトップアイドルの魅力、魔力に取り憑かれそうになっていることを、いやでも自覚せざるをえなかった。

美しく可憐、それでいて活力に溢れた姉を陶然と見つめていると、いきなり数人の観客がステージに駆けあがった。舞台上のメンバー、総立ちの観客、そして近くにいたスタッフすらも突然のことにその動きが止まる。

一瞬の沈黙。直後、乱入者がメンバーに抱きついたことで、静寂が突き破られた。

「キャーーーーーッ!」

絹を裂くような悲鳴が複数あがる。その一つは梨奈のものだった。乱入男があろうことか姉に抱きついたのだ。恐怖に顔を引き攣らせた梨奈が全身を強張《こわば》らせている。

「リーねぇ!」

思わず立ちあがり大声をあげてしまった裕一は、自分の衝動的な行動にハッとした。しかし、そのときすでに劇場中がメンバーの悲鳴と観客や関係者の怒号で騒然となっており、誰も裕一の存在など気にもしていなかった。

すぐに舞台袖から警備員とスタッフが飛び出し、乱入者をメンバーから引き離すと取り押さえた。そして、メンバーが次々と舞台袖へと誘導されていく。

居ても立ってもいられなくなった裕一は、劇場の後方ドアからロビーへと飛び出すと、階段で三階へと駆けあがった。

「コラッ！　ここから先は関係者以外立ち入り禁止だ。早く戻りなさい」

「村松梨奈の弟の裕一といいます。マネージャーの秋川《あきかわ》さんに確認してください」

ステージの騒動がすでに伝わっているのだろう、伸縮式警棒を手に殺気立っている警備員に身分を告げる。するとほかの警備員が内線電話で連絡を入れてくれた。

しばらく待つように指示され、落ち着かない気分でその場に待機していると、「公演中止」と「チケット払い戻し」に関するアナウンスが下から聞こえてきた。

「裕一くん」

五分ほど待っていると、メガネをかけた三十歳前後の女性が小走りでこちらにやって来た。梨奈が所属する大手芸能事務所の秋川マネージャーだ。

「秋川さん、スミマセン、大変なときに。それで、姉は」

「とりあえず怪我とかはないわ。こっちへ」

逸《はや》る気持ちを抑えきれず頭をさげ状況を聞くと、マネージャーは手短に答え手招きをしてくれた。警備員にも頭をさげ、裕一は控え室まで連れて行ってもらった。

ショッキングな出来事に呆然としている美少女たち。椅子に座り泣いているメンバーや、身を寄せ合い無言でうつむいているメンバーも多く、なんとも痛々しい。

反して、運営会社やメンバーが所属する各芸能事務所関係者は異様に殺気立ち、険しい表情で話し合いをしていた。

開演前にも楽屋を訪れていたが、そのときの華やいだ雰囲気とはまったく違い重苦しい空気に支配されている。この場にいるだけで不安感が増してしまいそうだ。

梨奈は楽屋奥の椅子に座り、スタッフとなにやら話をしていた。そこに秋川が近づき、耳打ちをする。すると、姉の顔があがり、こちらに向けられた。

「裕くん」

発せられた言葉は心許《もと》ないまでに震えており、その声に胸が痛くなる。

姉の声を合図としたかのように楽屋内が一瞬静まり返り、視線が一斉に向けられた。本番前に挨拶をしていたため不審がられてはいない。しかし、居心地の悪さはいかんともしがたく、裕一は小さく何度も頭をさげつつ梨奈の元へと小走りで向かった。

「大丈夫、リーねぇ」

「うん、平気」

椅子に座る梨奈の真横で膝をつき姉に声を掛けると、目にうっすらと涙を溜めた美少女が、気丈に頷《うなず》き返してきた。その姿に胸が締めつけられる思いがする。

「先ほど上の者と話をし、梨奈にも伝えたのですが」

マネージャーの秋川女史がそう切り出し、今夜は自宅に戻らずホテルに滞在したほうがいいと言ってきた。その理由としては、今回の騒動はすでにネットで情報拡散がされており、事務所にはマスコミ各社からの問い合わせが殺到していること、中には自宅マンションに押しかける輩が出てくる可能性を指摘された。

「裕くんも、それでいい？」

「えっ、リーねぇだけではなく、僕も？」

「ご家族が誰かそばについていたほうがいいかと思います」

どうやら抱きつかれたほかのメンバーや、ショック状態の一部メンバーも今夜はホテル泊まりとし、家族が近くにいる場合は来てもらうことになったらしい。

「お母さんはアメリカだから論外だけど、もう一人のお姉さんは？」

母の静子は仕事で火曜日からアメリカに行っており、帰ってくるのは明後日の日曜日。しかし、裕一はまだ会っていないがもう一人、姉がいるはずだ。

「無理。お姉ちゃん、今週、東京にいないから。ごめんね、裕くん」

「リーねぇが謝ることじゃないよ。わかりました。僕が姉のそばについています」

申し訳なさそうな顔をした梨奈に首を振り、裕一は秋川に頷き返した。

その後、警察の簡単な事情聴取を受け、事務所の車でホテルへと向かった。

2

(売れっ子の芸能人って、ほんと、大変なんだな)

事務所が用意した高級ホテル。その高層階のデラックスツイン。時刻は午後十時をすぎていた。窓際に置かれた椅子に座り、眼下を流れる無数のヘッドライトの明かりを眺めていた裕一は、セミダブルのベッドで眠っている梨奈に視線を向けた。

みんなの前では気丈に振る舞っていたが、ショックと疲労はそうとうだろう。姉は部屋に入ると早々にシャワーを浴び、パジャマに着替えるとベッドに横になったのだ。

(たまにニュースになったりするけど、ほんとに脅迫ってあるんだな)

専用劇場からマスコミに尾行されていないことを確認するように時間をかけて、車はホテルの地下駐車場へ乗り入れられていた。その間に秋川から聞かされた話。

TDGの運営会社やメンバーが所属する事務所には、物騒な文言《もんごん》を並べた脅迫状が送られてくることも珍しくなく、梨奈に対しても「危害を加える」といった内容のものが送りつけられていた。それらは警察に被害届とともに提出しているのだという。そのほかネットの掲示板への書きこみもあり、そちらも見つけ次第通報。実際に犯人を特定、警告が発せられたこともあるらしい。しかし、今回の乱入者たちはそれらの脅迫犯とはどうやら無関係ということだった。

(ほとんどが愉快犯だろうけど、中にはネットオークションでチケットを買ってまでやる、今回のバカな連中みたいなのもいるんだし、とっとと捕まってほしいよな)

秋川は「警察にはさらなる捜査をお願いしています」と言っていたが、その表情から実際のところは難しいのだろうと思える。

(テレビの華やかさがほんの一部だって、この二週間でよくわかったよ)

超人気アイドルと家族となった戸惑いはいまも完全には消えていないが、それでも梨奈と接しているうちに、努力をいとわない真摯《しんし》な姿勢とプロ根性はよくわかった。それだけに、姉が安心して芸能活動できる環境になってほしいと心から思った。

「ねえ、裕くん」

突然、声を掛けられハッとした。すると、眠っていると思っていた梨奈が両目を開け、こちらに顔を向けてきている。

「どうしたの、大丈夫？　そうだ、お水でも飲む？」

「ううん、お水は大丈夫だから、こっちに来て」

慌てて椅子から立ちあがり、部屋に備え付けられていた冷蔵庫に向かおうとした裕一は、手招きされるままにベッド脇へと移動した。すると姉は布団をめくり、ポンポンッとマットレスを叩いて横になるよう求めてきた。

「いやいや、ちょっと待って、それはさすがにダメでしょう」

自分でも顔が引き攣っていくのがわかる。

（頭では双子だってわかっていても、相手は売れっ子アイドル。それも超がつくほど綺麗で可愛い同い年の女性なんて、そんな理性を試されるようなこと、絶対に無理）

「隣にいてくれれば、安心できるから。それに、さっきママにも頼まれたでしょう」

「それは、そうだけど。でも、ちゃんとそばにいるから大丈夫だよ」

部屋に入った直後、梨奈の携帯に事件を知ったアメリカの母から電話が入り、途中で替わった裕一は「悪いけど、梨奈のことお願いね」と言われていたのだ。さらに裕一がシャワーを浴びている間に上の姉からも連絡があり、「なにかあったら、裕一を使いなさい。弟なんだから遠慮する必要ないわよ」と告げてきたのだという。

「お願い、裕くん」

潤みがちな瞳で見つめられると、それだけで男子高校生の理性は簡単に揺らいだ。

(怖い思いをした相手の願いを無碍《むげ》にはできないし、もしそれでリーねぇが少しでも安心できるのなら……。僕が意識を強く持っていれば、きっと大丈夫だよな)

「わ、わかったよ。じゃあ、少しだけ」

姉とはいえ同い年の美少女と同衾《どうきん》することに、いやでも緊張が増してしまう。一度小さく息を整えてから、裕一は梨奈の右隣へと身体を横たえた。すると、超人気アイドルがすっと身体を寄せてきたのだ。

「ちょ、ちょっと、リーねぇ」

とたんに甘い体臭が鼻腔をくすぐり、落ち着かない気分になる。

「ねえ、ギュッてして」

右半身を下にした体勢の姉に囁かれた瞬間、裕一の背筋がゾクゾクッとした。

「い、いくら姉弟だからって、それはマズいんじゃ……」

(これ、いくら頭でダメだって考えても、身体が反応しちゃうパターンだよ)

芳《かぐわ》しい香りだけでも理性が融解されそうなのに、さらに直接的な刺激を受けては、健全な男子高校生の陰部がどんな反応を示すか、考えるまでもない。

「さっきの抱きしめられた感覚、まだ残っていて気持ち悪いの。だから……。こんなこと裕くんにしか、弟にしか頼めないんだから」

潤んだ瞳で見つめられた瞬間、裕一の理性は脆くも崩壊した。

「わ、わかった。じゃあ、す、少しだけ」

上ずった声をあげた裕一は左半身を下にするかたちで姉に向き合い、右手を梨奈の背中に這わせた。そのまま自身のほうへと抱き寄せる。同い年の美少女の肉体の柔らかさと温もりがありありと伝わってきた。

(すごい。女の子の身体ってこんなに柔らかいのか。でもこれは、ほんとにマズイ)

ステージ上で圧巻のパフォーマンスを見せる梨奈の肉体。抱きしめると思っていた以上に華奢であることがわかる。しかし、出るべきところはしっかりと出ているため、予想外に豊かな乳房の感触がモロに伝わり、ペニスがピクッと震えてしまった。

「ありがとう、裕くん。どこの誰かもわからない男の人にいきなり抱きつかれて、ほんとに怖かったんだよ」

「こ、こんなことなら、お、お安い、ご用だよ。それに、いまは僕がそばにいてちゃんとリーねぇのこと守るから。だから、安心して休んでよ」

(とは言ったものの、これはほんとにヤバイ。とびっきりの美少女とこんなに身体を密着させていたら、相手が双子の姉かどうかなんて関係なくなっちゃうよ)

ホテル備え付けのパジャマズボンの下で、ペニスが臨戦態勢を整えたのがわかる。

腰を少し引き気味にして梨奈に勃起が当たらないよう注意していく。

「うん、裕くんのことは信用してるから、あんッ、えっ？　こ、これって……」

裕一が腰を引いたのとは対照的に、梨奈がさらに身体を密着させてきた。それにより姉の左太腿と強張りが接触。その瞬間、美少女が驚きの表情を向けてきた。

「ご、ごめん。ほんと、その、こ、これは、あの……」

（せっかく「信用してる」って言ってもらえた直後にこれって……）

相手が「姉」でなければ、男子高校生としては普通の生理現象。しかし、トップアイドルの美少女であろうが、十三年も会ってなかろうが、梨奈は紛れもなく双子の姉なのだ。思考と肉体反応の乖離《かいり》を相手に知られてしまっては、どんな言い訳も通用しない。裕一はただただ恥ずかしさばかりを募らせ、必死に腰を引いていた。

「しょうが、ないよ……そうだよね。いくら双子の姉弟って言っても、ずっと会ってなかったわけだし、こんなふうに密着したら、男の子ならこうなっちゃうよね」

「信用」している相手から勃起を押しつけられ戸惑っているであろう梨奈は、それでも気遣う言葉を返してくれた。それがいっそう、惨めな気持ちを膨らませていく。

「ほんとに、ごめん。あの、僕、やっぱり隣のベッドに」

「ダメ！　今夜は、今夜だけはいっしょに」

いたたまれなくなった裕一は、ベッドから抜けようとした。しかし、梨奈がそれを拒絶し逆にきつく抱きついてきた。弾力ある豊かな膨らみがひしゃげる感触が、これでもかと伝わってくる。それにより完全勃起が先ほどより強く美少女の太腿と密着し、その弾力と温もりに腰が震え、ペニスが小刻みに跳ねあがっていく。

「いや、でも」

「一人だとまたあのときの感覚が甦《よみがえ》ってきそうで怖いの。だから……」

けっして手を離すまいと抱きついてくる美少女に、裕一の胸に痛みが走った。

「わ、わかったよ。リーねぇが眠るまでこうしてるから、だから安心してって、あの、こんな状況になっちゃって、安心なんてできないかもしれないけど、でも」

「大丈夫。なんでだろう、双子だからかな。裕くんとこうしているのイヤじゃない。ちゃんと信じてるよ」

「あぁ、リーねぇ！」

少し潤みがちな瞳で見つめられると裕一の胸がまたしても射貫かれ、同時にこの上ない愛おしさを覚えた。勃起が押し潰されるのもいとわず、本能のままにギュッと抱きしめていく。

「あんッ、硬いの押しつけるのはなし。私、男の子と同じベッドでこんなふうになるの初めてだから、すっごくドキドキしちゃう。姉弟なのに変だよね」

「それ、僕のセリフだから。ウチ、男子校でそもそも女の子と知り合う機会なんてないのに、いきなり超有名人のリーねぇと双子の姉弟って言われて、さらにいま……」

息が触れ合う距離よりさらに近い、鼻と鼻が接触しそうな間合いで見つめ合っているため、潤んだ瞳の梨奈の顔が悩ましく上気しているのがわかる。自分も同じように顔を赤くしているのだろうと思うと恥ずかしいが、こんな近距離で同世代有数の美少女と触れ合うことなどないと思えるだけに、視線を逸らせることはできなかった。

「裕くんも、女の子とこんなコトするの、初めてだったんだね」

「当たり前だよ。リーねぇはモテモテだろうけど、僕は女の子と全然、縁なくって。それがいきなりトップアイドルの村松梨奈とこんなコトに……」

「モテモテって言われても、ファンの人だから個人的にどうこうはないし。芸能活動しているうえに私も女子校だから、同世代の男の子と知り合う機会、ないのよね」

少しはにかみながら言う姿がとてつもなく可愛い。胸がキュンキュンさせられるのと同時に、太腿に押し当たっているペニスも断続的な胴震いを起こしてしまう。

（絶対にフラれる、釣り合わないってわかってるけど……いや、そもそも双子だから

論外だけど、もし姉弟じゃなかったら、玉砕覚悟で告白しちゃうかもな）

姉を好きになるなどあってはならない。十年以上離れて育っても、姉弟の事実は生涯不変。それだけに、けっして口にはできない想いを、裕一は右手にこめた。

「あんッ、裕くん、そんなギュッてされたら、さすがに苦しいよ」

「あっ、ご、ごめん」

甘い吐息混じりに発せられた梨奈の言葉に、裕一は慌てて右手の力を抜いた。

「ふふふっ、私もそうなんだけど、裕くんもちょっと不器用なんだね」

「僕はリーねぇに不器用なイメージないけど、もしそうなら、やっぱり双子だからじゃない」

小さく笑い合い、さらに見つめ合っていく。可憐な唇に目が吸い寄せられそのまま自分の口を近づけてしまった。チュッ、もともと触れ合うほどの距離だっただけに、粘膜同士が簡単に重なり合う。柔らかな美少女の唇の感触に背筋が震えた。

「ご、ごめん、僕、つい、あの……」

「裕くん、さっきから謝ってばっかり。でも、ファーストキスが弟ってヤバいね」

「本当にごめんなさい。あの、姉弟だからノーカンってことにしてもらって」

「ノーカンがいいの？」

衝動的に奪ってしまった唇。とんでもないことをしてしまったという思いを抱く裕一に、梨奈は潤んだ瞳をまっすぐに向け、試すような言葉を投げ掛けてきた。

「僕はリーねぇとのこれをファーストキスにしたいけど、でも……」

「別に私も裕くんが初めての相手でいいよ。まあ、誰にも言えないけど。ずっと離れて暮らしていたのに不思議だけど、裕くんといるとなんだかとても安心できるの」

「あぁ、リーねぇ……」

囁《ささや》き合い、再び唇を重ね合った。ただ粘膜同士を重ねているだけのキス。しかし、とんでもない幸福感が全身を包みこんでくれる。それは梨奈もいっしょなのか、美少女は甘い吐息を漏らしつつさらに身体をくっつけてきた。結果、裕一が押し倒される形となり、双子の姉が上に重なってくる。

「あっ、ちょっとリーねぇ、ダメ、そんなくっつかれて、太腿でこすりあげられたら、僕……あっ、あぁぁぁぁぁッ！」

胸板で押し潰れている弾力豊かな乳房の感触もさることながら、美少女の太腿に完全勃起をさすりあげられた瞬間、裕一の腰に激しい痙攣が襲ってしまった。

「えっ？　こ、これって、もしかして……」

右太腿の下で脈動する物体に、梨奈は驚きの表情で双子の弟を見つめた。ちょっと危ない雰囲気になっていたとはいえ、これはさすがに予想外の出来事だ。

「ほ、ほんとにごめん、リっ、リーねぇ……」

震えた声で、この日、何度目になるかわからない謝罪の言葉を裕一が返してくる。

(やっぱり、そういうことなんだよね。えっ？ このあと、どうすればいいの？)

初めてのことに、梨奈自身、頭が混乱し、十三年ぶりにいっしょに生活をしている弟を呆然と見つめることしかできなかった。

劇場ライブ中の観客乱入事件でいきなり抱きつかれたときの恐怖と、犯人の汗ばんだ体温や少し饐《す》えた体臭がまとわりついている感覚が消えなかった梨奈は、その気持ち悪さを払拭《ふっしょく》したくて裕一に同じベッドに入ってもらったのだ。

(同い年の男の子と同じベッドに入るなんてよくないって、頭ではわかってたけど、相手は裕くん、双子の弟だったし……。でも、そうだよね。ずっと離れて暮らしてきたんだもん、姉弟だから問題ないってことにはならないよね、やっぱり)

両親が離婚したときまだ三歳であった梨奈に父親の記憶はない。しかし、双子の弟がいることは聞かされて育ったため、父が海外転勤となった関係で再びいっしょに暮らすことになったと聞いたときも、(へぇ、そうなんだ)と思う程度であった。

懸念があるとすれば私生活にアイドルとしての影響が出ることくらいで、具体的には大量のサインを頼まれたり、写真を撮られたりすることがあるのではないか、と危惧《きぐ》していた。しかし、再会した裕一はそもそも姉の存在を知らなかったらしく、梨奈の存在そのものに驚いた様子であった。そのため、懸念したことはいっさいなかった。

そしてなにより、不慣れな家での生活に戸惑いもあるなか、芸能活動をしている梨奈に対して気を遣ってくれる裕一を、頭ではなく心がすぐに弟と認識。家族としての信頼が自然と湧きあがり、いっしょにいて非常に楽な存在となっていた。

それだけに、オトコとしての欲望を下着の内側に放ったらしい弟にどのように反応すればいいのか、まったくわからなかった。

「あの、リーねぇ、一回、どいてくれるかな。ちょっとシャワー浴びてくるから」

「えっ？　あっ！　ご、ごめん」

不安そうな目で見あげてきた裕一が、先に口を開いた。それによりハッと我に返った梨奈は、慌てて弟の上から身体を離しマットレスの上に正座をした。

「ありがとう。本当にごめんね、せっかく信用してくれたのに裏切っちゃって」

目を逸らすようにそう言うと、同い年の少年がベッドを抜け出ていく。その言葉が梨奈の心に深く突き刺さった。

（違う、別に裕くんが悪いわけじゃない。だって、裕くん、最初から戸惑ってたもん。それは、こういうことになる可能性を考えて……。それを私がムリヤリ……。なのにこんな、弟一人を悪者にするようなこと、できないよ）

裕一だけの責任ではない。そう思うものの、どう声を掛けていいのかがわからなかった。その間にも弟は恥ずかしそうに肩を落とし浴室へと遠ざかっていく。このままでは今後も気まずくなってしまう。それだけは避けたい。

「ちょっと待って、裕くん」

「な、なに？」

なにを言われるのか不安そうな顔で、裕一が振り向いてきた。その表情がさらに梨奈の心をざわつかせる。

「あの、ええと……その……お、お願いがあるの」

「お願い？」

「うん、ええと……そう！　見せてほしいのよ」

「ええと、なにを？」

要領を得ない姉の言葉に、弟が訝《いぶか》しげな顔になった。

「だから、お、オチ×チンよ！」

（えっ？　私、なに、言ってるの？）

「はぁ!?　ちょ、ちょっと、リーねぇ、なに、言ってるの？　お、落ち着きなよ」

自身の口をついた言葉に呆然とする梨奈の心境を、裕一が正確に代弁してくれた。しかし、弟自身も混乱しているのか、視線や身体が落ち着きなく揺れている。

（オチ×チンって、そんな……。いや、興味はあるけど、弟に頼むようなことじゃないわよね。こういうことは、恋人を作ってそれで……。いや、でも待って、アイドルやってたら恋人なんていつになるか、その前に見ておくのも悪くないんじゃ。あんなことがあった直後だけど、いまも裕くんのことは信用できてるし、それなら……）

思いが乱れに乱れ方向性を見失いそうになるも、最終的には弟への信頼と年頃の少女としての性への好奇心がまさった。

「私だって、年頃の女子としてそういうのに興味あるし……。でも、アイドルって恋愛禁止でしょう。そりゃあ、内緒で付き合っている彼氏持ちのメンバーもいるんだけど、私はそんな器用なことできそうにないし。まあ、そもそもなるべく学校に通えるようスケジュールを組んでもらっているから、恋愛の時間、作れないんだけどね」

自分でも言い訳じみた言葉のオンパレードだと思うものの、梨奈としてはなにか言っていないと不安な気持ちになっていた。

「いや、仮にそうだったとしても、ぼ、僕にそんなこと言われても」

「そうなんだけど、きっかけとしてはアリかなって。それに、こんなこと弟以外の男性に頼めるわけないじゃない。それにほら、双子なんだし、いいでしょう」

「いや、それとこれとは話が違うよ。リーねぇ、ほんと少し落ち着いて」

戸惑い顔の裕一が両手を突き出し、姉を落ち着かせ翻意させようとしてくる。

「こんなこと、冷静なときに話せるわけないでしょう。そうだ、私も見せてあげるから、それならいいでしょう。ねッ」

自身の言葉に煽られた梨奈は、パジャマの前ボタンに手を掛けそのまま脱ぎ捨てていった。ぷるんっと弾むように揺れながら、お椀形の膨らみがあらわとなる。

「ちょっ、ちょっと、リーねぇ……ゴクッ」

両目を見開いた裕一の声が完全に上ずっていた。晒された双乳に熱い視線が突き刺さる。さらに弟の両手が股間を覆い隠す仕草をしてきた。

「も、もしかして裕くん、また、大きくしちゃってるの」

「しょ、しょうがないだろう。まさか、リーねぇがオッパイ、丸出しにするなんて思ってなかったんだから。それに、そんなにオッパイ、大きかったなんて……」

「ちょっと目つきがエッチだよ。お姉ちゃんは見せたんだから、見せてくれるよね」

（あぁん、もう、完全に空回っちゃってるけど、これ、もう行くところまで行くしか……。やだ、裕くんの視線、すっごい熱い。これ、ステージでファンの人に向けられる視線といっしょだけど、恥ずかしさは段違いだよ）

「リーねぇがこんなムチャクチャするなんて思ってなかったけど、わかったよ」

姉の行動に気圧《けお》されたように、裕一もまずパジャマの上衣を脱ぎ落としてきた。次いでズボンの縁に指を引っかけ引きおろす。あらわとなったのはグレーのボクサーブリーフ。その前面がもっこりと盛りあがり、腰ゴムあたりに掛けて楕円形のシミができあがっているのがわかる。

（すごい、あんなに大きく盛りあがっちゃうんだ。それに、あのシミって、やっぱりさっき出しちゃったやつだよね。私のこの太腿でビクビクしていた……）

梨奈は自身の右太腿をすっと撫であげる。ほんの五分ほど前に感じていた硬い物体の感触が思い出され、ぶるっと腰が震えてしまう。

「あ、あの、向こうでいったん拭いてきてもいいかな。さすがにこのままは……」

「できればそのままで、リアルな状態のものを見せてもらいたいの、ごめん」

羞恥に顔を赤らめながら尋ねてきた裕一に、梨奈は首を左右に振った。ベッドから下り、お椀形の美しい双乳を揺らしながら弟の前へと移動する。揺れる膨らみに感じる少年の熱い眼差《まなざ》しにまたしても腰が震え、子宮にも鈍い疼きが走った。

「わ、わかったよ。でも、そんなたいしたものじゃないよ」

双子姉の乳房に生唾を飲んだ裕一は、そう言うと下着の縁に手を掛け、グイッと一気に脱ぎおろしてきた。

「キャッ、す、すごい……。男の子のって、そんなふうになってるんだ」

唸《うな》るように飛び出し、弟の下腹部に張りつきそうな急角度でそそり立つ強張り。初めて目の当《ま》たりにする勃起ペニスに、梨奈は両目を見開いていた。

張りつめた亀頭先端は白い樹液でうっすらとコーティングがされ、ツンッと鼻の奥を刺激してくる初めての香りを放っている。

「それに、この独特の匂い……。栗の花の香りとか言われているやつでしょう」

その匂いに触発されたかのように、女子高生の子宮にはまたしても鈍痛が襲い、秘唇表面がうっすらと潤んできた。心臓が鼓動を速め、自然と息が荒くなっていく。

（やだ、私、エッチな気持ちになってきちゃってる。裕くんの、弟の硬くなったあそこやその匂いでこんな気分になっちゃうなんて、絶対にダメなのに……）

切なそうに腰が左右にくねるのを自覚した梨奈は、実弟相手に淫らな感情を湧きあがらせている現実に羞恥を覚えた。

「うん、あと、イカ臭いって言い方もあるよ。あ、あの、リーねぇ、そんなジッと見つめられると、恥ずかしいんだけど……」

「それはお互い様。私だって裕くんの視線をオッパイに感じて恥ずかしいんだよ」

「そうかもしれないけど……。だったら、リーねぇの下も、あそこも見せてよ」

「えっ⁉」

思わぬ言葉にハッとした梨奈はペニスから視線をあげ、弟の顔を見つめた。すると裕一も「あっ！」といった表情を浮かべており、思わず口をついた言葉だとわかる。

「ゆ、裕くんのエッチ。普通、お姉ちゃんのあそこを見たいなんて思わないよ」

「言い出したのは、リーねぇなんだから、リーねぇのほうがエッチじゃないか」

冗談めかすように梨奈は少し引き攣った笑みで返すと、裕一も顔に逡巡《しゅんじゅん》の色を漂わせつつ返してきた。すでに、売り言葉に買い言葉の状態だ。

「じゃ、じゃあ、見せてあげたら、裕くんのそれ、触ってもいい？」

「えっ！リーねぇが僕のを……。わかった。でも、僕もリーねぇのに触りたい」

ゴクッと生唾を飲んだ裕一の視線が再び梨奈の豊かな肉房に注がれた。その瞬間、またしても下腹部に疼きが走り、背徳の淫蜜がショーツに滴っていくのがわかる。

「や、優しく、だからね。誰にも触らせたこと、ないんだから」

（やだ、ほんとに私も裕くんも、歯止め、効かなくなってきてる）

エスカレートしていく会話に戸惑いを感じつつも、梨奈自身、淫靡な雰囲気に呑まれそうになっていた。

「も、もちろん。あの、場所、変えない？　たぶん、リーねぇに触られたら僕、出ちゃうと思うんだ。だから、お、お風呂場で」

（それって、私が裕くんを射精させるってことよね。まったく経験のない私に、そんなエッチなこと、本当にできるものなのかしら？）

恥ずかしそうにしながらも裕一の口から射精について言及をされたことで、美少女の相貌もさらに熱を帯びた。同時に弟のペニスから白濁液が噴き出すさまを想像し、背筋に震えが駆けあがった。

「うん、いいよ。そうすれば私も、自然に下、脱ぐことができるから」

「あぁ、リーねぇ……」

かすれた声で頷いた梨奈に、裕一がウットリとした眼差しを向けてきた。そしてそのまま、浴室へと移動するのであった。

3

「ほんとに、すっごく綺麗だ……」

ホテルの浴室で全裸となった姉の身体を見つめる裕一の喉が大きく上下に動いた。先ほどからずっと完全勃起を維持しているペニスが、ピクピクッと小刻みに跳ねあがり、鈴口から新たな先走りを滲ませている。

「ほんとに恥ずかしいんだから、あまりジロジロ、見ないでよ」

「ごめん、でも、リーねぇの身体、本当に綺麗でスタイルも抜群だから、僕……」

恥ずかしそうに視線を逸らせる梨奈の艶姿にはゾクッとくるほどの色気があり、裕一は再び生唾を飲んだ。

(全体的に細身なのに、こんなメリハリのきいた身体をしてるなんて反則だよ。アイドルってみんなこんなエロい身体してるのかな？　それともリーねぇが特別……)

抱きしめたときに感じたとおり華奢ではあるが、スタイルのよさは垂涎《すいぜん》ものだ。

想像以上に豊かな乳房は美しいお椀形をしており、肌に溶け入りそうな淡い桜色の乳暈《にゅううん》の中心には濃いピンク色の小粒な乳首が載っている。視線を落とすと、厳しいダンスレッスンで鍛えられた腰回りは驚くほど深い括れを描き出し、ツンッと上を向いたヒップが無防備に張り出していた。また、初めて目の当たりにする陰毛は楕円形で、繊細そうな細毛がふんわりと盛りあがっている。さらに、スラリとのびた長い脚にもほどよく筋肉がついており、美脚モデルができそうなほどだ。

「ゆ、裕くんだって、そこ、ずっと大きなままじゃない」

「だって、リーねぇの裸を、TDGの村松梨奈の全裸を見てるんだもん、当然だよ」

「もう、ほんとにエッチなんだから。ねえ、約束どおり、触ってもいい？」

姉の言葉に陶然と答えた裕一に、梨奈が少し困った顔をしつつ当初の目的を果たすべく問いかけてきた。大きく頷き返すと、美少女が目の前で膝立ちとなった。

「あんッ、近くに寄るとエッチな匂いがさらに濃く……さ、触る、わよ」

「くはッ、あっ、あぁ……り、リーねぇッ！」

無意識な行動なのか悩ましく腰をくねらせた梨奈の右手が、裏筋を見せつけてそそり立つ強張りにのばされ、肉竿の中央付近を優しく握りこんできた。その瞬間、初めての愉悦が背筋を駆けあがり、裕一の口から快感のうめきがこぼれ落ちる。

「すっ、すごい……男の子のってこんなに硬くて熱いんだ……。ヌチョヌチョしていて、とってもエッチだわ。それに、いやらしい匂いが強くなってきてる」

オンナの本能がそうさせるのか姉の右手が上下に動き、天を衝く屹立をしごきあげてきた。こぼれ落ちた先走りが人気アイドルの細い指先に絡みつき、チュッ、クチュッと粘ついた摩擦音を奏であげる。

(まさか双子の姉が、人気アイドルの村松梨奈が裸で僕のを握っているなんて……)

「だ、ダメ、リーねぇ、そんなふうにこすられたら、ぼ、僕、すぐに……」

視線をおろせば、誰もが羨む美少女が全裸で勃起に指を絡めている。鋭い快感が脳天に突き抜け、ペニスには小刻みな痙攣が襲い、一気に射精感がこみあげてきた。

「えっ？　もう？」

「しょうがないだろう。女の人に触ってもらうの、ほんとに初めてなんだから」

悩ましく上気した顔に驚きを浮かべた梨奈に、ムッとした声で返してしまった。

「そんなに怒らないでよ。私だって、男の人の触るの、初めてなんだから」

頬を膨らませ反論してくる姉。やはり美少女揃いで有名なTDGの中心メンバーであるだけに、膨れた姿すらとてつもなく可愛い。

「ごめん、別にそういうつもりで言ったわけじゃ……」

「わかってる。私こそキツく返してごめんね。今度は私が見せて、触らせる番だね」

裕一の謝罪に柔らかな笑みを浮かべると、梨奈が再び恥じらいの表情となった。硬直から手を離し、立ちあがってくる。

「どうすればいい？　浴槽の縁《へり》にでも座って、あ、あそこ、見せればいいのかな」

頬を赤く染めた姉が上目遣いに見つめてきた。その仕草だけで、裕一の胸はキュンキュンッしてしまう。

「あっ、いや、あの……。そうだ、まず、おっ、オッパイを触らせてよ」

もちろん秘唇を見たい思いは強い。だが、先ほどから丸見えとなっている、想像以上に豊かな膨らみも気になって仕方がなかったのだ。

「えっ、う、うん、いいよ。でも、優しく、だよ」

「わかってる」

恥ずかしそうに頷く梨奈にかすれた声で返事をすると、裕一は右手を美少女の左胸へとのばした。かすかに震える指先で、たわわな肉房をそっと揉みあげる。

「あんッ」

甘い媚声が姉の唇からこぼれ落ち、その艶めきだけで男子高校生の股間が跳ねあがった。張りつめた亀頭がさらに膨張し、粘度を増した先走りが鈴口から溢れ出す。

「すっごい……。これがリーねぇのオッパイ……。こんなに大きくって、弾力も強いなんて……。ほんとに大きいね。ゴクッ、手のひらからこぼれ落ちちゃってるよ」

手のひらを思いきり開いても、梨奈の乳房を覆うことはできなかった。パツパツに張った膨らみを揉みあげていくと、しっとりとした肌触りの中、指先を押し返す弾力の強さに驚く。

「うんッ、はぁン、ダメ、そんな思いきり、モミモミしないで。私、ほんとに数回だけだけど、あんッ、水着グラビア、やったことあるんだよ」

乳房を揉まれ感じてくれているのか、梨奈の眉間には悩ましい悶え皺が刻まれている。さらに、甘い吐息を漏らす可憐な唇からは、恥じらいの告白が発せられた。

「そ、そうなんだ。じゃあ、ファンの人たちはリーねぇの胸がこんなに大きいことを知ってるんだね。クソッ！ きっとみんな、リーねぇのこのオッパイでいろいろと想像してるんだ」

自然と口をついた自身の言葉に、裕一の心はざわめいた。

（絶対そうだよ。村松梨奈ファンが水着グラビアなんて見たら、このオッパイの存在を知っちゃったら、きっと……。オッパイだけじゃない、この素敵な身体を妄想の中で好き放題に……）

つい二週間前まで知らずにきたが、いまは梨奈が姉であると意識している。それだけに、不特定多数の男が姉の肉体で卑猥な妄想をしている可能性には怒りを覚える。

「そういう変な言い方しないでよ。正直に言うと、公称サイズ、実際より小さくしてるんだから」

「えっ、そうなの？」

「うん。だってFカップなんて公表したら、『巨乳アイドル』呼びされるの、目に見えてるもん。そんなの、オッパイを売りにしているみたいで恥ずかしいじゃない」

裕一に左乳房を揉まれながら、梨奈が本当に恥ずかしそうに視線を逸らせた。

「エ、エフ、カップ……ゴクッ」

(すごい！　大きいとは思ってたけどそこまでとは……。つまり、これがFカップの揉み応え。僕はいまリーねぇの、人気アイドル・村松梨奈の巨乳に触ってるんだ)

実際のサイズを知ったことで、裕一の性感がさらに煽られた。同時にそんな素晴らしい肉体に触れている優越感も覚える。たっぷりとした肉房の感触をそれまで以上に堪能しようと、捏ねまわしていく。ペニスが断続的な痙攣を起こし、このまま手を触れなくても姉の膨らみを触りつづけているだけで、白濁液を噴きあげてしまいそうだ。

「絶対、誰にも言わないでよ」

「もちろんだよ。そもそもTDGの村松梨奈と双子って話を誰にもしてないんだ。だからもし僕が突然、『村松梨奈はFカップ』なんて口走っても、『はぁッ!?』って呆れられて、『病院行け！』とか言われるのがオチだよ」

「それなら、いいけど……。あんッ、ちょっと裕くん、揉みすぎ」

切なそうに腰をくねらせた梨奈の右手が再び強張りを握りこんできた。

「くほッ、あぅ、あっ、あぁ……。ダ、ダメ、いきなりそんな握ってこないでよ」

完全に油断していただけに、姉のほっそりとした指先で漲《みなぎ》る肉竿を握られた瞬間、裕一の眼窩《がんか》に愉悦の火花が瞬いた。腰の震えが大きくなり、射精のトリガーを引くように睾丸がクンッと迫《せ》りあがってくる。

「裕くんがいつまでもしつこくオッパイ、触ってくるからでしょう。あんッ、なによこれ、さっきよりもさらに硬く、大きくなってるんじゃないの」

「そ、そんな激しくしごかないで、出るッ！　僕、ほんとに出ちゃうからぁッ！」

恥じらいや戸惑いを隠すように、梨奈の右手が激しくペニスをしごきあげてきた。それだけで限界が近づいていた裕一は呆気なく陥落。激しい痙攣がペニスを襲い、猛烈な勢いで欲望のエキスが迸《ほとばし》り出ていく。噴き出した精液が人気アイドルの腹部に飛び散り、ドロッとした塊《かたまり》となってなめらかな素肌を垂れ落ちていった。

「キャッ！　えっ？　こ、これって……やだ、すっごく、熱い」

「ごめん、リーねぇ……あぁ、ダメだ、気持ちよすぎて、射精が止まらないよ」

あまりに突然のことに呆然とした様子の姉は、脈動をつづける肉竿を握りつづけていた。消えることのないなめらかな指の感触も手伝って、張りつめた亀頭先端からはズビュッ、ドピュッと断続的に白濁液が噴きあがる。

(す、すごい……これが男の子の射精……。私が出させちゃったんだわ。まったく経験ないのに、硬いのを握ってエッチにこすりあげたからこんなふうに……)

濃厚な性臭が立ち昇る浴室で弟の欲望をその肌に浴びる梨奈は、処女でありながらいきり立つ強張りを射精に導いてしまった淫らさに、背筋がゾクゾクッとしていた。

(あぁん、この強烈な匂いで私のあそこ、いままでになくムズムズしちゃってる)

オンナの感情を直接揺さぶる牡の香りに、性感が異様な昂《たかぶ》りをみせている。

(これが、裕くん、男の子の精液……ゴクッ、こんなにネバネバしてるなんて……)

指先に絡みつく、粘度の高い欲望の残滓《ざんし》。指先を目線の高さにあげると、さらなる淫臭がツンッと鼻の奥に突き刺さり、下腹部に断続的な鈍痛が襲いかかった。下着という歯止めを失っているため、溢れ出した淫蜜が内腿に垂れ落ちてきている。

「ほんとにごめん、リーねぇ。僕、我慢できなくて、それで……」

梨奈の意識を現実に引き戻す声が鼓膜を震わせた。ハッとして声の主に視線を向けると、それだけ強烈な絶頂感だったということなのか、浴室の床にへたりこんだ裕一が愉悦に蕩けた顔で梨奈を見あげてきていた。

「まっ、まあ、急に触っちゃった私も悪かったんだし、し、仕方ないわよ。それにしても、二回目なのにこんなにいっぱい出るものなのね」

「全裸のリーねぇが目の前にいてあんなふうにエッチに握られたら、そりゃあ……」

ウットリと返してくる弟に、まんざらでもない気分にさせられてしまう。

「裕くんはいけない弟だね。お姉ちゃんでこんなにいっぱい出しちゃうんだから」

梨奈自身、淫欲の高まりを感じているだけに、艶然と微笑むと指先に絡みつく白い樹液を唇に近づけ、裕一をまっすぐに見つめたままペロンッと舐め取った。

「リッ、リーねえっ！」

「ウゲッ、マッズ……こんなに、苦くて、変な味なんだ」

弟の驚き声と双子姉の苦々しいうめきが重なった。饐《す》えた味わいが舌先に躍り、梨奈は思わず顔をしかめてしまった。

「あぁ、リーねぇ、見せて！　今度はリーねぇのあそこ、約束どおりに見せて！」

いきなり裕一が梨奈の脚にすがりついてきた。

「ちょ、ちょっと、裕くん、なに」

「見たいんだ、リーねぇの、お、オマ×コ。約束したよね。だから……」

(裕くん、私が白いのを舐めたから、それで？　でも、オマ×コとか、エッチな言葉、使わないでほしいわよね、いっそう恥ずかしくなっちゃう)

弟の突然の行動に戸惑いつつも、その原因が自分にあったと思い当たり、火照った顔に苦笑が浮かんだ。

「わかった。わかったから、ちょっと離れて。約束はちゃんと守ってあげるから」

裕一の必死さに気圧されながらもなんとかなだめた梨奈は、弟が脚を解放してくれた直後に浴槽の縁に腰をおろした。

「ほんとに見せてくれるんだね」

「裕くんが約束守ってくれたんだから、私だって……」

(とんでもない約束しちゃったけど、でも、約束は約束だし)

期待に目を輝かせる裕一に、誰にも見せたことのない秘唇を晒す羞恥を新たにしていた梨奈は、自分を納得させるように心の内で呟いた。

(でも、初めて見せる相手がずっと離れて暮らしてきた双子の弟だなんて……)

その点はやはり気になるが、これぱかりは運命と諦《あきら》めるしかない。

「ありがとう、リーねぇ」

蕩けた顔で礼を言う弟に、思わず頬が緩んでしまう。それによって緊張感も少しほぐされた感覚となり、スラリとした美脚を左右に拡げた。

「あぁ、リーねぇ……」

ウットリとした呟《つぶや》きを漏らし、浴室の床にしゃがみこんだままの裕一が開かれた脚の間に正対してくる。

「す、すごい、これがリーねぇの、村松梨奈のあそこ……ゴクッ」

「あんッ、ダメ。そんなに顔、近づけてこないで。息が掛かって、くすぐったいわ」

淫唇に吹き掛かる吐息の生温かさと、そんな近さで特別な相手にしか晒してはいけない場所を見つめられる羞恥に、梨奈の腰が自然とくねった。

「綺麗だよ。ほんとに、すっごく綺麗……ゴクッ」

姉の願いを無視するように、裕一の両手がなめらかな内腿に這わされ、強引に圧《お》し拡げられてしまった。潤っていたスリットからクチュッという蜜音が聞こえてくる。

「イヤッ、ダメ、裕くん、そんな脚、拡げないで。あん、もういいでしょ、ね？」

さらに顔を近づけようとする弟を制するように、両手で裕一の頭を挟みつける。ストップを掛けなければ、このまま淫裂に唇を密着させてきそうであった。

「もうちょっと、もう少しだけ、リーねぇのここ、見せて。はぁ、なんか甘い匂いも漂ってきてるよ。それに、ちょっと濡れてるみたいだ」

「バカ、変なこと言わないで」

「だって、ほんとに甘酸っぱい香りが……」

姉に頭を挟みつけられたかたちの裕一はさすがにそれ以上、顔を近づけてこようとはしなかった。しかし、陶然とした眼差しを梨奈の顔に向けてきた。そのウットリ感がありありと伝わってくる瞳に、女子高生の背筋がぶるりと震え、同時に子宮が嬉しそうにわななき新たな淫蜜を秘唇表面に滲ませていく。

「それは裕くんが必要以上にオッパイ、揉んできたから、だから……」

余計な言い訳をしている自分自身に、梨奈の羞恥心がさらに煽られた。

一方、それは裕一の淫欲をいっそう刺激することになった。

「り、リーねぇ、僕、さ、最後まで、ゴクッ、エッチ、したい」

「えっ！」

思わぬ言葉にハッとさせられ、まじまじと弟の顔を見つめていく。

(最後までって、それってつまり……。裕くんのアレを私のあそこに……)

視線が裕一の股間に注がれた。そこには、二度の射精を経てなお勢いを失うことなく天を衝くペニスが屹立している。

（イヤイヤ、それはさすがに無理よ。だって、裕くんは双子の弟で、姉弟でそんなこと許されるわけがないじゃない）

すでに正常な姉弟のラインはいくつか超えてしまっている自覚はあった。しかし、最終ラインだけは、確実に超えてはいけない一線だ。

「な、なにを言ってるのよ。冗談でもそんなことは」

「僕、リーねぇと、せっ、セックス、したい！」

顔を引き攣らせ、悪いジョークで終わらせようとした姉の思惑を霧消させる決定的な言葉が発せられた。その瞬間、梨奈の背筋に背徳のさざなみが駆けあがり、直截《ちょくせつ》な表現の衝撃で思考がストップ。弟の頭を抑えつけていた両手の力も弱まった。その隙を突くかのように、少年の顔が姉の手をかいくぐり濡れた秘唇に急接近してくる。

「舐めるよ」

囁くような声が耳朶をくすぐった直後、ヌメッとした舌先が秘裂を舐めあげた。

「あんッ！　あっ、だ、ダメ、裕くん、そんなの、ぅンッ、私は、あッ、姉なんだよ、お姉ちゃんのそんなところ、舐めては、はぁン……」

（嘘、さすがにこれはダメだよ。あぁん、でも、感じちゃいけないのに、あそこを舐められると膣奥がキュンキュンして、もっと気持ちよくしてもらいたがってる）

淫裂に密着した弟の唇。そこから突き出された舌が、固く口を閉ざす女穴を往復するたびに、それまで経験したことのない鋭い快感が脳天に突き抜けた。それを与えてくれているのが双子の弟という禁断の相手、それがさらに背徳感を煽りたてる。

「ゆっ、ゆぅくンッ、あぁんッ、お願い、もう許して。これ以上されたら、私……」

浴槽の縁に座っているため、バランスを崩せば空の湯舟に落ちてしまう。梨奈は裕一の頭部に両手を這わせ制止を呼びかけつつ、無理やり引き離すには至っていなかった。それはたまに行う自慰では味わったことのない強烈な、それこそ気を抜けば意識を持っていかれそうな悦楽を失いたくないというオンナの本能が、理性を押し返している証拠でもあった。

チュパッ、チュパッ、ぢゅるっ、チュパッ……。

(この味、クセになっちゃいそうだ。ちょっと酸っぱい感じもあるけど甘さが奥から……。それにこの匂いもエッチだ。でもまさか、こんなことができるなんて……)

美少女アイドル・村松梨奈の股間に顔を埋め、全身にむず痒《うず》さが走りそうな甘い香りに頭をクラクラとさせられながら、裕一は肉洞から溢れ出す蜜液を舐め取った。

「はぁン、裕くん、ほんとに、もうダメだよ。私たち、姉弟、なんだから、あんッ」

頭部に這わされた梨奈の両手が、髪の毛を掻きむしってくる。中断を求めていることは明らかだが、一方で愉悦を伝えてきているようでもあった。

(わかってる。こんなこと、許されないって。でも、初めて見たあそこが、こんなに綺麗なものだったら、我慢なんてできっこないよ)

理性をはるかに凌駕《りょうが》する牡の本能が裕一の全身を駆け巡っていた。そのため、姉の言葉への答えに代えて、さらに舌を蠢かせ溢れ出る蜜液をすすりあげた。

(挿れてみたい。リーねぇの綺麗なオマ×コに、僕のを思いきり、ズブッと……)

いま舌を這わせ、甘蜜を舐め取っている淫裂の美しさが脳裏から離れない。固く口を閉ざしながらも、滲み出た淫らな蜜液でうっすらとコーティングされた秘唇。その透明感はトップアイドル・村松梨奈の美しさにまったく引けをとっておらず、頭では姉であると理解しつつも、誰にも見せたくない、渡したくない、独占していたい、という思いを強くさせられる。

そんな秘所に硬直を突き立てる禁断性交を妄想すると、それだけでペニスが嬉しそうに跳ねあがり、三度目の射精に向けて走り出してしまいそうだ。

「あぁん、裕くん、ゆう、いち……」

熱っぽく艶っぽいうめきを漏らす梨奈の腰が、悩ましく揺れ動いている。

（感じてくれてる。リーねぇが僕の舌で……。だったら、もっと感じてもらって最後には……）

実姉との許されざる初体験。その瞬間を夢見て舌先を秘唇の合わせ目へと向けた。

「キャンッ！　はンッ、ダメ、裕くん、そ、そこは……あぁ～～ン」

浴室に梨奈の甲高い嬌声がこだました。浴槽の縁から一瞬ヒップが浮きあがり、姉のペタンとした腹部が小さな痙攣を繰り返していく。さらに、閉じ合わされたスリットから淫蜜が大量に溢れ出し、裕一の顎がべっちょりと濡らされてしまった。

（すごい！　こんな鋭い反応が返ってくるなんて……）

クリトリスが女性の性感帯であり、鋭い快感を与える箇所だという知識は持っていた。だが、予想外に鋭敏な反応に裕一自身、一瞬、ひるんでしまいそうになった。それでも、コリッとした小さなポッチを重点的に嬲りまわしていく。

「ダメ、裕くん、ほんとに、あぅン、お姉ちゃんを、イジメ、ないでぇ……」

腰を震わせる美少女のかすれ声を心地よく聞いていた次の瞬間、思いがけない反撃を食らってしまった。なんと梨奈の右足が勃起に向かい、強張りを踏んできたのだ。

「ンむっ！　ンぱぁ、りっ、リーねぇ、そ、そんなことされたら僕、また……」

足裏でペニスを刺激される初めての経験。足の親指で亀頭裏をスリスリされると、一気に射精感が迫りあがり、裕一はたまらず姉の股間から顔をあげた。

「もう、お終い。これ以上は本当に、ダメだよ」

悩ましく顔を上気させた梨奈が潤んだ瞳でこちらを見下ろしながら、可憐な唇を半開きにして途切れとぎれに訴えてきた。普段テレビや自宅で見る、美しくも愛らしい姿とは打って変わった初めて見る艶めきに、裕一の背筋がゾクゾクッとなった。

「ダメなのはわかってる。でも、僕はリーねぇと……。これからは僕がずっと、リーねぇのこと守るから、送り迎えだって、なんだってするから、だから……」

「気持ちは嬉しいけど、送り迎えはマネージャーさんがしてくれるし、それになによりり私たち姉弟だよ。こんなことだって本来なら許されないのに、その先なんて」

姉の困惑が手に取るようにわかる。淫裂を晒し愛撫を受け入れてくれても、その先のタブーはいままでの比ではないのだ。

「我がままだってわかってる。許されないことだってことも。それでも僕はリーねぇをほかの誰にも渡したくない。リーねぇのここをほかの誰にも奪われたくない」

そう言うと裕一は再び美少女の股間に顔を埋め、たっぷりと潤ってなお口を閉ざす清涼なる秘唇に唇を密着させ、チュッ、チュパッと漏れ出る蜜液を舐めあげた。舐めれば舐めるほどクセになる、酸味と甘みのバランスに恍惚感が増していく。

「はンッ、裕くん、ほんとに、ダメ……。あぁん、もう、わかった、わかったわよ。お姉ちゃんの初めて、裕くんにあげるから、だから……」

再び秘唇に刺激を受けた梨奈は、腰を切なそうにくねらせ甲高い喘ぎをあげると弟の顔を強引に秘唇から引き離した。

「りッ、リーねぇ、ほ、ほんとに？」

自分で望んでおきながら、裕一が信じられないといった表情で見あげてくる。

「もう、なによ、その顔。本気じゃなかったわけ？」

「そんなことないよ、僕は本当にリーねぇと……。でもまさかＯＫがもらえるとは」

（そうだよね、普通、絶対拒否だよね。だって大切な初体験なんだもん。本来なら好きな人と……。でもなんでだろう、裕くんが初めての相手でもいいって気持ちになってる。離れて暮らしてきたとはいえ弟なのに、私、裕くんのこと好きになってる？）

母からその存在は聞かされていたが会うことなくすごしてきた弟。ともに暮らしはじめ、身近に感じるようになってからは、それまでの女所帯に男性が入った違和感や戸惑いはわずか数日で消え、やはり離れて暮らしてきても家族なのだと思えていた。

（裕くんが嫌いでないのは確か。でも、それは肉親の情だよね。あんな体験をしたあ

とだから、それで……。あれ、そういえば私、あの気持ち悪い感覚がなくなってる）

劇場ライブ中に突然乱入してきた男に抱きつかれた恐怖と嫌悪感、それがこの裕一との一連の行為で完全に消滅していることに改めて気づいた。

（こんな短時間で私のことを癒やしてくれた裕くんへのお礼ってことで）

それで処女を捧げるのは行きすぎた対応だろう。しかし、梨奈にとって裕一が落ち着ける存在であり、萎縮しそうな心を助けてくれたことは確かであった。

「その代わり、絶対、私のことを守ってよね」

「も、もちろんだよ」

悩ましく潤んだ瞳で少年を見つめると、腰を震わせた弟が大きく頷き返してきた。

「じゃあ、あの、べ、ベッドに戻ろう。ここじゃあ、あれだから、ねっ」

自身の言葉に頬をさらに熱くさせつつ、梨奈は浴槽の縁から立ちあがった。

「ほ、ほんとにいいんだね、リーねぇ」

セミダブルのベッドに横たわった梨奈は、膝を立てるようにして脚を開いた。すると、天を衝くペニスを誇る裕一が開かれた脚の間に身体を入れて問いかけてくる。

「うん、でも、ほんとに優しくしてよ。痛いのはイヤだからね」

（あぁ、私、ほんとにこんな急展開で初めてを経験することになるなんて……。それも相手が双子の弟って、いろいろと想定外すぎるよ）

間近に迫る処女喪失の瞬間。緊張のあまり口の中がカラカラに渇いてくる。心臓がその鼓動を速め、自然と呼吸が荒くなっていく。

「わかってる。絶対、リーねぇのこと、大事にするから」

裕一も緊張しているのだろう。上気した顔が若干引き攣っているのがわかる。

ゴクッと生唾を飲みこんだ弟が、ゆっくりと腰を近づけてきた。緊張と破瓜《はか》の痛みへ身構えるように、梨奈は目の前の少年を直視できずギュッと両目を閉じた。

「えっ？　あれ、なっ、なんで……」

挿入の訪れを身を固くして待っていると、裕一の絶望的な声が鼓膜を震わせた。閉じていた目をこわごわと開く。すると呆然と股間を見つめる弟が飛びこんできた。視線の先を追うと、先ほどまで威勢よく屹立していた淫茎が完全に力を失っている。

（えっ？　これって、どういうこと？　なんで急に小さくなってるの？）

「裕、くん？」

「ごめん、なんか急にしぼんじゃって……。なんでだよ、せっかくもう少しで……」

弱々しい声の裕一の顔は、いまにも泣き出してしまいそうであった。

「きっと、あれだね。姉弟でそんなことダメだよって、神様が言ってるんだよ」

処女を失う覚悟をしていただけに、梨奈としても肩すかしを食った感じはするが、絶望に打ちひしがれたような弟を見てしまうと、それ以上の言葉は出てこなかった。

「う、うん。いっぱい恥ずかしい思いさせちゃって、ほんとにごめん」

「そんなことないわ。だって、裕くんのお陰で今日あったイヤなこと、だいぶ消し去ることができたんだから。感謝してる。さあ、今日はもう寝ましょう」

うなだれた裕一があまりに哀れで、梨奈は弟の髪を優しく撫でつけてやった。

「うん。あの、リーねぇ、隣で寝ても、いい？」

「もちろんよ。だって、さっきは私がそうお願いしたんじゃない。さあ、おいで」

改めてベッドに横たわり、自身の右隣をポンポンと叩くと、ぺこりと小さく頭をさげ同い年の少年が身を横たえてきた。

「お休み、裕くん」

「お休み、リーねぇ」

お互い裸のままであったが、あまりそれを意識することもなく就寝の挨拶を交わし目を閉じる。若干の気まずさを感じるものの、肉体の疲れから梨奈はあっという間に眠りの淵へといざなわれたのであった。

第二章　巨乳女優姉との密戯

1

（あれ？　誰かお客さん、来てるのか）

初体験失敗から約十日が経った日曜日の夕方。学校指定の模擬試験から自宅に戻った裕一は、玄関に揃えられている見慣れぬ女性靴を見て来客の存在を知った。

あの日、童貞喪失の訪れに緊張感が増した矢先、梨奈の美しい淫唇に亀頭が接触する寸前になってペニスが一気に縮んでしまったのだ。あまりのショックに呆然としていると、双子の姉に優しく髪を撫でられ少し気持ちを落ち着かせることができた。

その後、裸のまま同じベッドで眠ったのだが、翌朝は普通に朝勃ちしており、勃起不全に陥《おちい》ったわけではなさそうでホッとしたのと同時に、「なぜ肝心なときに！」という情けなさを覚えた。だからといって梨奈に初体験のやり直しをお願いするわけにもいかず、若干の気まずさを残したまま、姉弟《きょうだい》としての生活に戻ったのである。

事務所とマスコミとの話がついたのか、自宅に戻っても突撃取材には遭《あ》わないと判断され、土曜日の午後には自宅に戻っていた。梨奈は水曜日まで五日間オフとなり、木曜日から徐々に仕事復帰。この日も番組収録やＣＭ撮影で朝から出かけている。しかし、劇場ライブに関してはいまだに再開の目処《めど》が立っていないのが実情であった。

また、帰国した母は娘の変化を突然の恐怖体験に由来したものと理解したらしく、裕一にも「梨奈のそばにいてくれてありがとう」と言ってくれた。素直に頷《うなず》いたものの、姉とエッチをしようとした事実があるだけに、後ろめたさも感じていた。

（リーねぇとも話したけど、お母さんの前では普通にすることが一番大切だよな。でも今日は、お客さんへもちゃんと挨拶しないと）

母の家に来てから来客に会うのは初めて。そのため失礼があってはいけないと妙な緊張を覚えてしまう。ふっと小さく息をつき、裕一はリビングのガラス扉を開けた。

「あら、お帰りなさい」

ダイニングの椅子に来客と向かい合わせに座っていた母が、笑顔で迎えてくれた。

「ただいま。えっと、お客、さん？」

こちらに背を向けたままの女性を気に掛けつつ、母に帰宅の挨拶をする。後ろ姿から判断すると若い女性のように見えた。軽くウェーブの掛かったミディアムショートの黒髪女性。瞬間的にプロポーションのよさが窺える。

「違うわ、里美《さとみ》、上のお姉ちゃんが来てるのよ」

静子がそう言った直後、それまで背中を見せていた女性がこちらを振り返った。その瞬間、裕一の背筋に震えが走り、金縛りに遭ったかのように動けなくなった。

「えっ⁉　女優の、か、桂木、里美、さん？」

そこにいたのは正統派美女であり、清楚可憐な見た目と確かな演技力で注目を集めている若手人気女優。ドラマや映画、ＣＭで引っ張りだこの、これまた芸能人に疎《うと》い裕一でも知っている超有名人。確か現役の大学生であったと記憶している。

「裕一のもう一人のお姉ちゃんよ」

「嘘！」

「そんな嘘をついても、ママにメリットないでしょう。桂木里美は芸名で本名は村松里美。そう言えば、『桂木』がどこからきているか、わかるでしょう」

「じゃあ、本当に……」

母の説明にもいまだ現実感はなかったが、どうやら本当に実姉らしい。裕一と同じ姓、つまりこの姉は父方の姓を芸名として使い、女優活動をしているということだ。

「久しぶりね、裕。ママの説明で、ちゃんと納得できた？」

魂が抜かれてしまいそうなほどの極上の微笑み。まぶしいほどの輝きとオーラを放つ里美に、裕一の全身が総毛立つ。

「なっ、なんとなく、は」

（どうなってるんだよ。アイドルの村松梨奈が双子の姉ってだけでも仰天なのに、女優の桂木里美までがお姉ちゃんって……。僕はどれだけ前世で功徳《くどく》を積んだんだよ。それとも悲惨すぎる生涯だったから、こんな現実離れしたことが起きてるのか？）

支離滅裂な思いが渦巻き、混乱の極致に達してしまいそうだ。

「あっ！　リーねぇがプライベートをまったく表に出さない理由って……」

「私の件があるから、という理由もあると思うわよ。私自身プライベートを公表していないし。そもそも、プライベートをオープンにしてもいいことなんてなにもないのよ。面倒が増えるだけ。まあ、姉妹って知っている業界人はそれなりにいるけどね」

ハッとした裕一に、里美が吸いこまれそうな微笑みを浮かべ答えてくれた。

「でも、二人ともけっこうな有名人だし、そのうち暴かれちゃうんじゃないの」

「うん、それはそれで別にいいかなって思ってる。積極的にオープンにするつもりはないけど、絶対に隠し通さなくてはいけないことでもないしね」

静子と里美の会話を聞きつつ、この二人は本当に母娘であり、自分とは血の繋がった存在なのだということを不思議な感覚で受け止めていた。

「さて、裕一と里美の顔合わせも終わったし、ママは夕飯のお買い物に行ってくるわ。里美は今夜どうするの？　食べていく？　それとも、これからまだ仕事？」

「今日は早朝からの撮影だったから、午後はお休み。ご飯は食べていくわ。というか、例の件のあと梨奈とちゃんと話せてないから、泊まっていくつもり」

椅子から立ちあがり、買い物に出かける用意をはじめた母に姉が答えていく。

「そう、わかったわ。じゃあ、二人でお留守番、よろしくね」

「うん、いってらっしゃい」

里美と玄関まで静子を見送り、再びリビングへと戻る。しかし、いきなり美人女優と二人きりにされては、緊張のあまり会話の糸口すら摑《つか》めない。

「この家での生活は、もう慣れた？」

「えっ、あっ、は、はい、お陰さまで」

話しかけてくれた里美に、上ずった声で返事をしていく。

「なに？　もしかして裕、緊張してるの？」

「だ、だって、女優の桂木里美さんが姉だなんて、考えたこともなかったですから。リーねぇのときもそうだったんですけど、もう、なにがなにやらって感じで」

「さっきも気になったんだけど、梨奈のこと、『リーねぇ』って呼んでるのね」

「あっ、はい。あの、お姉さんのことはなんと呼べば？　里美お姉さんとか」

「普通に『お姉ちゃん』でいいわよ。梨奈もそう呼んでくるし」

いまだに緊張している裕一に里美が優しい微笑みを送ってきた。それだけで胸がドキッとし、陶然とした気持ちになってしまう。トップアイドルである梨奈の美少女っぷりもそうとうだが、正統派美人女優の美しさはそれに輪を掛けてすごかった。

「はい、それじゃあ、そのように呼ばせてもらいます」

「もう、いつまで緊張してるのよ。私に対して、そんなかしこまった言葉遣いは今後禁止ね。裕は覚えてないだろうけど、私は両親が離婚したときのことうっすらと記憶にあるのよ。もちろん、そのときの可愛い弟の、裕の記憶もね。だから、またこうして会えてとっても嬉しいわ。これからよろしくね、裕」

「う、うん、こちらこそ、よろしく。お、お姉ちゃん」

まだ緊張を残しつつもなんとか返した裕一に里美がクスッとし、それによって裕一の頬はさらに赤くなってしまうのであった。

2

「思ったよりも元気そうでよかったわ」

午後十時すぎ、実家に泊まることにした里美は妹である梨奈の部屋を訪れていた。綺麗に整頓された八畳の洋間。壁際に置かれたシングルベッドに腰掛けた里美は、勉強机の椅子に座る妹に向かって優しく微笑みかけた。

「まあ、なんとかね。周囲の気遣いがすごいから、そっちのほうが疲れるくらいよ」

少し肩をすくめるようにして苦笑を浮かべる梨奈に、安堵を覚える。

劇場ライブ中に暴漢が乱入したことは、事件発生から三十分ほど経ったときに知らされた。そのとき里美は来年冬公開の映画撮影を関西で行っており、当初は詳細不明であったことから落ち着かない気分になった。しかし、すぐに怪我がないことがわかりホッとしたものだ。ただ無事と聞いても心配は尽きず、すぐに駆けつけられないことに忸怩《じくじ》たる思いも抱いた。

(不幸中の幸いだったのは、たまたまその公演を裕が見に行っていて、すぐに梨奈の

もとに駆けつけてくれたことかしらね）

梨奈が帰って来たのはつい一時間ほど前。そのため、夕食は母と弟との三人であった。そのときに裕一とはゆっくり話ができ、だいぶ打ち解けると同時に弟のことをそれなりに知れたことで、あの事件の日に裕一がいてよかったと感じられていた。

「あの日は、裕とホテルに泊まったんだって」

「う、うん」

何気ない問いかけであったのだが、なぜか梨奈の頬が一気に赤らんだ。

（えっ？　なにこの微妙は反応。まさか裕となにかあったわけではないでしょうに）

緊急のマスコミ対策が必要になった際、自宅に戻らずホテルに宿泊することはままある。人気アイドルグループの中心メンバーがライブ中に襲われるなどその最たるものだ。最悪の場合、入院もありえたが幸い抱きつかれただけであったため、精神的なショックはともかく肉体的には大きな問題がなかった。そのため、家族付き添いでのホテル宿泊という選択になっていた。

（でも、血の繋がった姉弟とはいえ、十三年も離れて暮らしていたからなぁ。それも年頃の男女で同い年、さすがに間違いは起こしていないと思うけど……。私が高二のときって、ちょうど彼氏ができていろいろな初めてを経験したときか。う～ん……）

里美は三年前の自身のことを思い出し、かすかな懸念を覚えた。当時、すでに女優活動をしていたが、いまの梨奈のような売れっ子ではなく、端役出演がほとんどであった。そのため、普通に年頃の恋愛も経験できていたのだ。

里美がブレークしたきっかけは高校三年生のとき、毎朝放送される帯ドラマに主演抜擢されたことだった。それからは一気に仕事が増え、その影響で恋愛が難しくなり失恋していた。以降、恋人を作らず、仕事に邁進《まいしん》する日々がつづいている。

「どうしたのよ、急に顔を赤らめて。まさか、裕となにかあったの？」

「なっ、ないわよ、そんなもの。まったく、なに、言っちゃってるのよ。双子の弟となにかあるわけないじゃないの。ほんと、なに、言ってるのよ」

カマをかけるような問いかけに、梨奈が過剰とも思える反応を返してきた。視線が泳ぎ、挙動もどこかおかしくなっている。

（アチャ～、これ、百パーセント、黒じゃない。いきなり最後までいったなんて思いたくないけど、でも、確実になにかはあったワケね。はぁ）

「ふ～ん、なら、いいけど」

心の内で溜息をついた里美は、ここで深く追及しても妹は認めないであろうという思いと、それなりに広い家とはいえ、言い争いのようなかたちに発展し母が来てしまうことをおそれる気持ちもあり、意味ありげな視線で妹を見つめるにとどめた。

「と、ところで、映画の撮影はどうだったのよ」

「けっこう大変だったわよ。実はね……」

姉から視線を逸らせ、あからさまに話題を変えてきた梨奈。その素直すぎる対応に苦笑を浮かべつつ、里美は妹の問いに答えてやるのであった。


(この中にリーねぇが言っていた雑誌が含まれていればいいけど、果たして……)

午後十一時前。裕一は勉強机につき、模試帰りに神保町の古書店街で購入した、梨奈のグラビアが掲載されている三冊の雑誌を鞄から取り出した。二冊が青年漫画誌、一冊が写真週刊誌だ。

まずは青ビキニを着用した姉が表紙を飾る週刊誌に巻かれていた透明フィルムを剥がし、中身を確認する。

(あっ！　例の水着グラビア、これだ！　ヤッタ、一冊目で大当たりだ、ラッキー)

裕一は小さくガッツポーズをした。きっかけは先週ホテルで初めて梨奈の裸を見せてもらったときに聞かされた、「数回、水着グラビアをやったことがある」の言葉。

自宅に戻ってからインターネットで調べると、村松梨奈ファンが開設していたサイトに写真やインタビューの載った雑誌の一覧があり、その備考欄に【水着】と書かれていた雑誌を、これまたネットで探したのだ。すると、五冊中三冊が神保町の古書店にあることを知り、模試帰りに寄って購入してきたのである。

本当なら帰宅早々に中身を確認したかったのだが、思いがけなく長姉と再会することとなり、開封が遅くなってしまっていた。

（これが逆サバのサイズか。これだって、充分すぎると思うけど……）

裕一にとっての大本命は『実際よりも小さな公称サイズ』が載っている雑誌。試しに残りの二冊、黄色いビキニを着た青年漫画誌と、濃紺のワンピース水着の青年漫画誌を確認したが、両方ともスリーサイズは掲載されていなかった。

大本命の雑誌のプロフィール欄には、アイドルだけに体重は非公開なのだろう。身長とスリーサイズが載っていた。アイドルだけに体重は非公開なのだろう。生年月日やその当時の最新曲情報のほかに、

身長百六十センチ　バスト八十四（D）・ウエスト五十六・ヒップ八十五

その数字に裕一の視線は釘付けとなった。

（このDが公称のブラサイズなんだろうけど、充分すぎる大きさだよな。でも、実際はFカップだもんなぁ……。ということは、この八十四という数字も逆サバ？）

目《ま》の当たりにした双子姉の双乳を思い返すと、それだけで淫茎が一気に鎌首をもた

げ、早くしごけと急《せ》かしてくる。

（それにしても、リーねぇ、やっぱりとんでもなくスタイルがいいよ）

三冊の雑誌に載っているアイドル姉の写真を見比べ、裕一はウットリとした気分になった。どれも健全な写真であり、劣情を催させるようなポーズではないのだが、気になる存在となっている美少女の水着というだけで、特別感が増してしまう。

（この水着で隠されている部分も全部、ナマで見て、触らせてもらったんだよな）

たまらない弾力で指を押し返してきたお椀形の美巨乳。白い肌に溶け入りそうだった乳暈《にゅううん》とピンクの乳首。ふんわりと盛りあがっていた楕円形の陰毛と、固く口を閉ざしていた透き通るような秘唇。そして、そのスリットから溢れ出してきた甘い蜜液。そのすべてが思い出され、ペニスが下着の内側で断続的に跳ねあがっていく。

「あぁ、リーねぇ……」

双子の姉をオカズにする自慰の禁忌。わかってはいるが、実際に目の当たりにし感触も知ってしまっているからこそ、本能には抗《あらが》えなくなっていた。

裕一は腰を浮かせてパジャマズボンと下着をいっぺんにズリさげた。飛び出したペニスは完全に裏筋を見せる形でそそり立ち、パンパンに張った亀頭先端からはツンッと鼻の奥を刺激する牡臭を放つ先走りが、次から次へと溢れ出してきている。

「くッ、あぁ、リーねぇ、素敵だよ」

右手で肉竿を握るとそれだけで愉悦が背筋を駆けあがった。裕一はそのまま肉槍を上下にこすりながら、写真の中で微笑むトップアイドルに囁きかけた。

(絶対、リーねぇのファンもこうやって……)

梨奈のファンもこのプロポーション抜群の美しい身体で卑猥な妄想をしながらペニスをしごいているに違いない。そう考えると、大切な姉を汚されたようで己《おのれ》の行為を棚にあげ、ムカムカとした気分になってくる。

(でも、僕だけなんだ。Ｆカップのオッパイを揉めたのも、美しいオマ×コを舐めたのも、エッチな声をあげた悩ましい顔を見られたのも、この世で僕だけ……)

手のひらからこぼれ落ちた乳房の豊かさと甘酸っぱい牝蜜の味わい、そして艶やかに上気したテレビではけっして晒すことのないオンナの顔を思い出し、恍惚感が増してきた。ペニスを握る右手にも力がこもり、溢れ出した先走りが指に絡まり粘つく摩擦音が大きくなっていく。ピク、ピクッと腰が跳ね、射精感が迫《せ》りあがってくる。

「気持ちいいよ、リーねぇ……。あぁ、リーねぇの綺麗なあそこに挿《い》れたいよ」

「へぇ、裕って、梨奈のこと、そんな目で見てるんだ」

「えっ？」

突如、思いがけない声を掛けられハッとした。慌てて振り返ると、長袖のロングTシャツをパジャマ代わりにした里美が真後ろに立っていた。

「サッ、さ、里美、お姉さン!?」

驚きのあまり、完全に声が裏返ってしまう。

「ノックをして、声を掛けたんだけど、お取りこみ中で聞こえなかったのね」

誰もが振り返る美貌に意味ありげな笑みを浮かべた里美が、裕一の股間と机の上に広げたままの雑誌を交互に見てくる。その瞬間、恥ずかしさで顔面が一気に紅潮し、射精間近に迫っていた強張《こわば》りが急速に力を失ってうなだれてしまった。慌てて、股間を両手で覆い隠す。

「どっ、どうしたんですか、お、お姉、さん。なっ、なにか、ご用でも」

とんでもない場面を見られた恐怖に震えながら、かすれた声で問いかけた。

「梨奈の態度が少しおかしかったのは、これが原因だったのね」

「えっ？」

想定外の言葉が里美の口から放たれ、まじまじ姉の顔を見つめてしまった。

「事件の日の夜、いっしょにホテルに泊まって、なにかエッチなことしたでしょう」

ゾクリとするほど妖艶な、それでいてどこか悪戯っぽい微笑みをたたえた里美が椅子に座る裕一の背中にいきなり抱きつき、耳元に囁きかけてきた。鼻腔をくすぐるほのかに甘い体臭と、背中で惜しげもなくひしゃげる美人女優の乳房の感触に腰がゾクリッとし、おとなしくなっていたペニスが再び活力を取り戻しはじめてしまう。

(里美お姉さんは、なにを知ってるんだ？　あぁ、ダメ、なにも考えられない)

背中に感じる双乳はたっぷりとしたボリュームが感じられ、梨奈同様に豊かであることがわかる。思春期少年を思考停止に追いこむには、充分すぎるほどの破壊力だ。

「なっ、なんのことですか。あ、あのお姉さん、そんなにくっつかないでください」

「どうして？　背中で潰れているお姉ちゃんのオッパイが気持ちいいからかな？」

「か、からかわないで、ください」

完全にからかっているとわかる言動に戸惑いつつ、上ずった声で言い返していく。

「あら、失礼ね。別にからかってなんかいないわよ。久しぶりに再会した可愛い弟への単なるスキンシップなんだから。あらあら、裕ったらいけない子ね。さっきまでは梨奈の写真でエッチしていたかと思えば、今度はお姉ちゃんのオッパイでそんなに大きくしちゃってるなんて」

「あっ、これは……。ごめんなさい。本当にあの……離れてください」

後ろから里美に股間を覗かれた裕一は、己のペニスが完全に臨戦態勢を取り戻し、手では隠しきれなくなっていることに激しい羞恥を覚えた。

(最悪だよ、これ、早くなんとかしないと……。でも、桂木里美ってこんな性格だったんだな。テレビだともっとおしとやかなイメージ持っていたのに……)

「ねえ、裕、知ってる? そこに書かれているサイズ、嘘なのよ。その写真でもわかると思うけど、なかなかエッチな身体つきしてるでしょう。だから、少しでもスレンダーな印象を持ってもらえるように、実際よりも小さな数字を出しているのよ」

裕一の困惑を楽しむように長姉は弟の言葉を無視すると、耳元にさらなる囁きをもたらしてきた。梨奈本人から、「巨乳アイドル」呼びされたくないと聞いてはいたが、里美の言葉にすぐ頷けるものでもない。

「あの、里美、お姉さん、なにを言ってるんですか」

「どうしてさっきから、そんなかしこまった言葉遣いなのかな? もしかして、裕は私を『姉』だとは認めてないのかしら。だとしたら、とっても悲しいわ」

演技とわかりつつも、声音の微妙な抑揚によってグッと胸に突き刺さるものがあり、裕一は罪悪感を覚えてしまった。

「ごめんなさい、里美お姉さ、お姉ちゃん。僕、そんなつもりはまったくないよ。イヤな思いさせて、本当にごめんなさい」

「ふふっ、素直に謝れるなんて、とっても偉いわよ、裕。じゃあ、ご褒美にとっておきの情報、教えてあげる。いっさい表には出ていない極秘情報よ」

「ごっ、極秘、情報」

「そうよ、トップシークレット。いま、裕の背中で潰れているお姉ちゃんのオッパイ、この写真の梨奈よりも大きいのよ。この数字や、このアルファベッドよりもね」

里美はさらにグイッと身体を密着させると、梨奈のスリーサイズが載った雑誌の、「八十四」「D」という二つの英数字をほっそりとした指先で示してきた。

「えっ？　じゃあ、Gカップ、以上……ゴクッ」

「へぇ、梨奈がFカップって知ってるんだ。どうしてかなぁ？　ねえ、裕」

思わず反応し生唾を飲んだ裕一に、この状況を面白がるように里美が囁いてきた。

「やっ！　ち、違うんだよ、お姉ちゃん。そ、それは、なんというか、あの……」

完全に墓穴を掘る形となった裕一は、やましさを隠そうと声が大きくなっていた。

「うふっ、ダメよ、そんな大きな声。隣の部屋にいるママが来たらどうするの？　こんな姿、見せられないでしょう」

「ご、ごめんなさい」

姉の言葉にハッとして、慌てて両手で口元を覆った。完全勃起が丸見えとなってしまったが、そこに気を回す余裕すらなくなっていた。

「まあ、いいわ。ママにこんな状態を見られて困るのは私もいっしょだし、今日はこれ以上、突っこまないでおいてあげる。エッチなこともほどほどにね。お休み」

弟のことをからかうだけからかった女優姉は裕一の右頬にチュッとキスをして、身体を離してしまった。たまらないボリューム感が一気に背中から失われてしまう。

喪失感に襲われつつ後ろを振り向くと、里美はすでに部屋のドアの前に移動しており、一度こちらを振り向くと、極上スマイルとともに再度「お休み」と手を振りそのまま部屋から出ていってしまった。

「なっ、なんだったんだよ、いったい。お姉ちゃんはなにをしにここに……」

長姉の来訪理由がまったくわからないまま一人取り残されるかたちとなった裕一は、射精を求めてピクピクッと小刻みに跳ねるペニスを抱《かか》えたまま、しばし呆然と姉が消えたドアを見つめるのであった。

3

（里美お姉さん、やっぱりとんでもなく美人だよな。リーねぇと初めて会ったときも

そうだったけど、とても僕と姉弟とは思えないよ）

髪の毛で泡だったシャンプーをシャワーで洗い流しながら、脳裏には溜息が出てしまうほどの美形である長姉の姿が浮かんでいた。

（里美お姉さんとリーねぇはお母さん似だよな。じゃなかったら、僕みたいなどこにでもいる平凡な男子高校生の姉が、あんなに綺麗な二人なワケないもんなあ）

シャワーを止めいったんフェイスタオルで顔を拭《ぬぐ》うと、裕一はコンディショナーのポンプボトルに手をのばした。シャンプーと同じ華やいだ香りのコンディショナー。髪の毛に馴染ませているだけで、なんとも心地いい感じがしてくる。

（僕、今夜は里美お姉さんと、女優の桂木里美とこの家に二人きりなんだ……）

姉の住むマンションにお邪魔しているのだから当然だが、シャワーでコンディショナーを洗い流しながら改めて考えると、やはりどこか現実感のなさを覚える。

四月下旬のゴールデンウィーク初日、時刻は午後九時前。裕一はこの日からしばらく里美のマンションで生活することになっていた。というのも、母は再び一週間のアメリカ出張に行ってしまい、双子の姉、アイドル活動をしている梨奈は十日間で五公演をこなす弾丸全国ツアーで留守。そのことを知った里美が誘ってくれたのだ。

そのため、裕一は奥沢の自宅から引いて歩いたキャリーケースを再び持ち出し、つい三十分ほど前に六本木の母のマンションから、渋谷《しぶや》区の代官山《だいかんやま》へと来たのだ。この時間になったのは、里美の帰宅が八時すぎになると聞いていたためである。

女優姉の住むマンションは、五階建てでセキュリティも万全な高級賃貸物件。エントランスのオートロックを抜けると、六本木のマンション同様コンシェルジュカウンターとソファセットの置かれたロビーがあり、エレベーターホールで再度呼び出し。再び自動ドアを開けてもらい、姉が住む三階へとあがっていた。

部屋は一人住まいには充分な2LDK。玄関からリビングにのびる廊下。その右側に二つの洋室があり、反対の左側にはトイレと風呂場があった。

裕一にあてがわれたのは五畳の洋室で、一面の壁には天井までの棚があり、過去に出演したドラマの台本や資料、受賞したいくつもの賞状や盾が綺麗に整頓され、反対側にはオシャレなデスクランプの載ったライティングデスクが置かれていた。

(あれ、そういえば、布団、なかったな。まあ、寝るのはリビングのソファでもいいんだけど。はぁ、それにしても、綺麗なお姉さんと二人ですごせるのは嬉しいんだけど、里美お姉さんのことイマイチ摑みきれていないだよなぁ)

梨奈のグラビアで自慰をしているところを見つかったときの絶望感。その後、豊かな乳房を背中に惜しげもなく密着させ、耳元で囁かれたときの恍惚感。からかうだけからかい満足したのか、部屋を出ていく姉を見送った寂寥《せきりょう》感。短時間にいろいろな感情を経験したが、里美の真意はまったく摑むことができなかった。

(リーねぇやお母さんには黙っていてくれたみたいだから、そこは感謝なんだけど)

アイドル姉や母に告げ口される恐怖もあったが、翌朝、梨奈も静子もそれまでと変わらず、女優姉も前日のことなどなかったかのように平然としていたのだ。

シャワーを止め、今度は顔だけではなく濡れた頭もゴシゴシと拭いていく。直後、曇りガラスの扉がいきなり開けられた。

「えっ？　うわぁ、さ、里美、お姉さん！」

裕一の素っ頓狂な叫び声が浴室に響いた。あらわれたのは一糸まとわぬ姿の里美。慌てて視線を逸らせたが、脳裏にはたったいま見た裸体がありありと刻まれていた。長姉は梨奈以上に着痩せするタイプなのか、円錐形の双乳は明らかに女子高生よりも豊かであった。そのわりにウエストの括れは梨奈と大差なく、双臀の張り出し具合は少し女子大生のほうが大きい程度。股間に茂る陰毛は姉妹共通の楕円形でふんわりと盛りあがっていた。そして脚は美脚モデルかと思うほどスラリと長い。

見たのはほんの一瞬であったにもかかわらず、裕一の股間ではペニスが一気に天を衝いた。両手で強張りを隠し、少しだけ前傾姿勢となってしまう。

「そんな大きな声、出さないでよ。ビックリするじゃない」

「ご、ごめんなさい。いや、でも、だって、いきなりお姉さんが入ってきたから」

姉のほうに視線を向けないままうつむいた状態で、裕一は謝罪の言葉を口にした。

「裕とこんなに長い時間いっしょにいられるの、パパとママが離婚して以来、初めてじゃない。だから、久しぶりにいっしょにお風呂に入りたくなっちゃったのよ」

「そ、それは、あの、嬉しいんですけど、でも……」

「あぁ、そうか、裕はエッチな男の子になっちゃったから、お姉ちゃんの裸が気になっちゃうのよね。だから、そんなあからさまに変な体勢になってるのよね」

「ごめんなさい。本当にごめんなさい」

(やっぱり、お姉さんのところに来たの、間違いだったかな? 六本木のマンションに一人でいてもよかったのに、綺麗なお姉さんの誘いに乗ったばかりに……)

母の家で一回、恥ずかしい姿を見られているとはいえ、こみあげる羞恥心はどうすることもできなかった。

「そんな泣きそうな声、出さないでよ。男の子でしょう。お姉ちゃんが悪いことしてるみたいじゃない。まあ、いいわ。ほら、お姉ちゃんが背中、洗ってあげるから」

里美が裕一の横から身を乗り出すようにしてくる。洗い場のカラン前に張られた横長の鏡。その端と被さるように設置されていた棚から、ボディーソープのボトルを取ろうしているのだ。

その様子をチラッと横目で見た瞬間、裕一の背筋にさざなみが駆けあがり、完全勃起のペニスが跳ねあがった。梨奈以上に豊満な、推定Gカップ越えの膨らみが重たげに揺れている姿がまともに飛びこんできたのだ。

(す、すごっ！　里美お姉さんのオッパイ、ほんとにリーねぇより大きい……。あぁ、これはヤバイ！　これはもうこの前の比じゃないくらいにマズイ状況だよ)

前回は勃起を見られただけだが、今回はこのままいけば我慢できずに射精してしまうかもしれない。梨奈とは最後の一線を越える寸前までいっているとはいえ、もう一人の姉にまでそんな姿を見せるのは、さすがに洒落《しゃれ》にならない。

「どうしたの、裕。さらに背中が丸まっちゃったわよ」

またもやからかうような声を掛けてきた女優姉は、ボディーソープを左の手のひらにたっぷり出すと両手をこすり合わせ、丸まった裕一の背中を撫でつけてきた。

「ヒャッ！　あっ、あの、お姉さん、スポンジとかタオルとか、つ、使わないの」

「今日は特別に、素手で洗ってあげる。私からこんなサービスを受けられるの、弟の裕だけなんだから、感謝しなさいよ」

ゾクッと腰を震わせた裕一が上ずった声をあげると、里美がまたしても耳元に唇を寄せてきた。その瞬間、豊かな双乳が背中でムニュッと潰れる感触が伝わってくる。

「おっ、お姉ちゃん、ダメ、そんな、くッ、くっつかないで」

（あぁ、ほんとにこれはヤバいよ。お姉さんのオッパイの大きさ、柔らかさ、弾力、全部が直接……。それに裸だから、乳首の存在もはっきりと伝わってきてるよ）

必死に両手で隠しているペニス。いきり立つ肉槍には小刻みな痙攣が襲いはじめ、鈴口から大量の先走りが滲み出し、蒸れた浴室内に牡の性臭が漂い流れてしまう。

「ねえ、裕、この前はあのあとどうしたの？　梨奈のグラビアを見ながらつづきをしたの？　それとも、お姉ちゃんのオッパイの感触を思い出してしたのかな？」

「そ、それは……」

正直に言えば両方だ。梨奈のグラビアを眺め、その乳房の手触りや秘唇の美しさ、淫蜜の味わいを思い返しつつ、背中にありありと残っていた里美の豊乳の感触を思い返し、美人姉妹との禁断のエッチを妄想し、欲望のエキスを放っていたのだ。

「まあ、そういうことを聞くのは野暮かしらね」

そう言いつつ、長姉の身体がさらに密着し、背中ではたわわな肉房が限界近くまで押し潰されていた。その感触の素晴らしさに恍惚感がこみあげてくる。そんななか、里美の両手が裕一の股間にのばされ、淫茎を隠す手にそっと重ねられた。

「えっ、ちょ、ちょっと、里美、お姉、さん」

「手をどけなさい、裕」

「いや、それは……」

「ママに梨奈との件、言っちゃうわよ」

完全な脅しであったが、裕一の全身が一瞬で硬直した。

(里美お姉さん、本当にどこまで知っているんだ。リーねぇが話している可能性はゼロじゃないけど……。もし、全部知っていて、お母さんに伝えられちゃったら……)

もう六本木の家にはいられないし、梨奈と会うこともできなくなってしまうだろう。それは双子の姉に恋心を抱いてしまった裕一には耐えられないことだ。そのため、自然と強張りを覆う両手の力が抜けていた。

「うふっ、素直ないい子ね、裕。お姉ちゃんはそんな可愛い弟が大好きよ」

力のこもっていた弟の両手が脱力し股間から離れた。裕一の肩越しに見おろすと、亀頭先端がこちら側に向くほど急角度でいきり立った屹立が飛びこんでくる。

(あんっ、すっごい。胸を背中に押しつけてあげただけなのに、もうあんなに……。

弟の硬くしたのを見て、身体を疼かせちゃうなんて許されないわ。でもこの前、裕の硬くしているのを見てから私……。これじゃあ私のほうがエッチなお姉ちゃんよ）

鼻腔をかすかにくすぐってくる先走りの香りに、里美の腰が切なそうに揺れ動いた。子宮に鈍痛が走り、淫裂表面がうっすらと湿ってきてしまう。

双子の姉弟の間に「なにか」があった。それは先日実家に戻り、梨奈と話をして感じた姉の勘。そして弟にも話を聞こうと裕一の部屋を訪ねたとき、確信に変わった。十三年ぶりに再会した弟は、双子の姉がグラビアを飾る雑誌で自慰をしていたのだ。そのとき目の当たりにした男子高校生の勃起ペニス。その逞しさに身体を疼かせながらカマをかけると、素直な弟は簡単にボロを出したのである。

そのときは隣室に母がいたこともありそれ以上のことはできなかったが、里美の肉体と脳から裕一の屹立が消えることはなかった。それどころか日々、肉体を蝕《むしば》み、忘れかけていた性の快感を欲《ほっ》する気持ちが高まってしまっていたのである。

「あらあら、裕ったら、やっぱりそこ、大きくしちゃってたのね」

「ごめんなさい。でも、お姉ちゃんの裸、見ちゃったら無理だよ。それにいまだって背中に、お、オッパイが……ゴクッ」

チラリと横目で裕一を見ると、弟の顔は耳まで真っ赤に染まり、恥ずかしげに視線を浴室の床に向けていた。その瞳は不安そうに揺れ動き、少し潤んでいる。

（あぁん、裕ったら、なんて可愛いのかしら。小さいときのままなのね）

つい先日、二十歳になったばかりの里美が、両親の離婚によって裕一と離ればなれになったのは小学校入学前であった。そのため可愛い弟がいた覚えはあり、母に「ねぇ、ママ、裕ちゃんはどこ？　いつ帰ってくるの？」と何度も尋ねた記憶がある。

中学にあがる頃には裕一の話題が出るのは年に数度となった。それは誕生日の時期で、別れた父と連絡を取った母が弟の最新情報や写真を見せてくれたときであった。

そんなとき母は決まって、「里美は裕一を溺愛してたから、離婚した直後は大変だったわ」と言っていた。どうやらその感覚は十三年経った現在も継続中らしい。

「いいのよ、男の子なんだから当然よ。お姉ちゃんで感じてくれて、嬉しいわ」

「そりゃあ、お姉ちゃんみたいな美人なら、誰だッ、てっ、あっ、あぁぁぁぁ……」

「あぁん、硬いわ。それにすっごく熱くて、お姉ちゃんの手、火傷《やけど》しちゃいそうよ」

小さく唾を飲み、里美は豊乳を弟の背中に押しつけたまま、右手をのばし逞しい肉竿をやんわりと握りこんだ。その瞬間、少年の愉悦が浴室に反響、全身が跳ねあがり、指を巻きつけた強張りもドクンッと脈動した。

（ほんとにすごい。男の子のって、こんなに硬くて熱かったのね。触るの久しぶりだ

から、私まで心臓、ドキドキしてきちゃってる）

高校時代に付き合った初めての彼氏。初体験もその子と経験したのだが、お互い初めてで無我夢中だったこともあり、あまり細かな部分までは覚えていなかった。

「はぁ、お姉ちゃん、本当にダメだよ。くッ、僕、す、すぐに……」

必死に射精をこらえているのだろう。裕一の上半身が落ち着きなく前後左右に揺れ動いていく。里美にとっては、そのさますらも愛おしかった。

「ねえ、裕って、オッパイが好きなの？」

「なっ、なんで急に、そんなこと……はぁ、うぅ、お願い、こすらないで……」

ボディーソープがたっぷりまぶされていた手で、太い血管が浮きあがる肉竿をこすりあげると、裕一の腰が大きく跳ねあがった。ソープ液に溢れ出した先走りが混ざり合い、フローラルでありながら性感を揺さぶる淫臭が鼻の奥に突き刺さってくる。

「正直に言わないと、このまま射精させちゃうわよ」

「い、言います！　だからお願い、緩めて……。はぁ、好きです、大きなオッパイ。だから、お姉ちゃんのオッパイも大好きです。リーねぇのみたいに触りたいです」

里美がいったん強張りから手を離してやると、裕一が自棄《やけ》になったかのような声で乳房に対する想いを口にしたばかりか、梨奈の膨らみにまで言及してきた。

（やっぱり梨奈と裕は……。この反応だと最後まではしていないようだけど、確実に胸には触ってるワケね。なるほど、だから梨奈がFカップなこと知ってたわけだ）

姉として双子の妹弟がなにかしらの性的関係を持ったことには複雑な思いを抱かざるをえない。しかし、自分も弟のペニスに手をのばし、豊乳を積極的に押しつけてしまっている以上、偉そうに説教ができる身分でもない。

「梨奈のオッパイ、触ったことあるんだ。もしかして例の事件があった日？」

「あっ、そ、それは……。はい、そうです。あの、このこと、お母さんには……」

うなだれたまま認めた弟は、母には隠しておきたい旨《むね》も明らかにした。

（さっきの脅しが予想以上に効いちゃった感じね。こんなこと、私だってママに言えるわけないのに……。そんなこと、少し考えればわかると思うけど。まあ、そこが裕の甘いところであり、私にとっては可愛いところでもあるんだけど）

「言わないから安心なさい」

「あ、ありがとう、ございます」

クスッと笑みを浮かべ耳元で囁いてやると、裕一の肩がホッとしたように脱力したのがわかる。本当に母に告げ口される可能性を思い、恐怖を感じていたのだろう。そんな純な態度も、たまらなく愛おしく思えてしまう。

（怖い思いさせちゃったんだから、いい思いもさせてあげないと不公平よね）

弟の入浴中に乱入すると決めたときから、裕一が勃起してしまうことは織りこみ済み。ただ、なにかしてやるかどうかは未定であった。とはいえ、考えていたのは背中を洗ってやるときにペニスも握り、射精に導くところまでであり、それ以上はさすがに無理だと思っていた。しかし、弟の初心《うぶ》すぎる態度に心がグラついてしまった。

「正直に答えてくれたご褒美、またあげるわね。さあ、裕、立ちあがってお姉ちゃんのほうを向いてちょうだい」

背中に密着させていた上半身を離し、身体の向きを変えるよう促していく。ボディーソープの白っぽいヌルみを帯びた乳房が、ふるふると揺れ動いている。

「えっ、いや、でも、そんなことしたら……」

「いいから、裕」

戸惑う裕一に対し少し強めに声を掛けると弟はピクッと肩を震わせ、こわごわと風呂椅子から腰をあげ、百八十度向きを変えてきた。両手がペニスを隠そうかどうか迷う動きを見せたが、最後は諦めたように脇に垂らしていく。そのため、うっすらとボディーソープがまとわりつく淫茎が、女子大生の目に遮《さえぎ》るものなく飛びこんできた。

（改めてちゃんと見ると、裕のってけっこう大きい？　あんなに先っぽパンパンにしちゃって、早く楽にしてあげないと可哀想よね。あぁん、それにしてもすっごい、ボディソープの香りを突き破って、エッチな匂いがビンビン漂ってきてる）

それまでは上から覗き見るかたちであったペニス。正面からまじまじと眺めると、里美が唯一知る初体験相手の淫茎よりも、一回り逞しいのではないかと思える。さらに、漏れ出した先走りの淫臭に鼻の奥がムズムズとしてきてしまう。

「そんなじっくり見ないでよ、すっごく、恥ずかしいんだから」

「そんなこと言っている裕だって、お姉ちゃんのオッパイをガン見でしょう。すっごい熱い視線が、ここに突き刺さってきてるんだけどなぁ」

恥ずかしそうに腰をくねらせる弟を上目遣いで見つめ、里美は量感たっぷりの双乳を持ちあげてみせた。ずっしりとした肉房の手応えが手のひらから伝わってくる。

「そ、それは……」

裕一の視線が胸の膨らみから逸れた。あまりに素直な反応にクスッとしてしまう。

「まあ、いいわ、いまはご褒美、あげなきゃね」

「あの、ご褒美って……。この前はお姉ちゃんのオッパイがリーねぇより大きいっていう話だったけど……」

里美の言葉に弟の顔があがり、その視線が再び姉の膨らみに注がれてきた。

「本当に特別なのよ。お姉ちゃん、こんなこと、したことないんだから」

艶っぽい笑みを浮かべると、ボディーソープのポンプを押し左手のひらに乳白色の液体を溜めた。姉の行動を期待に満ちた眼差しで見つめている裕一を見つめ返し、里美はソープ液を両手にまぶしつけ、そのまま豊かな胸の谷間に塗りこんでいった。

ぷるん、ぶるんっと膨らみが揺れ、乳房全体が白くコーティングされていく。

「お、お姉ちゃん、も、もしかして、おっ、オッパイで……ゴクッ」

「うふっ、正解よ」

生唾を飲み、両目を見開く少年に頷き返し、里美は膝立ちのまま弟に近づいた。再び右手をのばし、いきり立つ肉槍を優しく握りこむ。ピク、ピクッと小刻みに胴震いする強張りの熱さと硬さに、腰までも切なそうに揺れてしまう。

「あぁ、お姉ちゃん、僕、もう……」

「もう少しだけ、我慢して」

上目遣いに裕一を見つめ、里美は天を衝くペニスを豊かな胸の谷間へといざなった。

熱い漲《みなぎ》りが焼きごてのように乳肌には感じられた。

「くはッ、す、すっごい……。僕のが本当に里美お姉さんのオッパイに……。くッ、き、気持ちいい……。挟んでもらっているだけなのに、すぐに出ちゃいそうだよ」

「いいのよ、出して、そのためにしてあげてるんだから。お姉ちゃんも、裕の硬くて逞しいオチ×チン、オッパイでしっかり感じてるわ。さあ、我慢しないで」

早くも愉悦で蕩けた弟を見あげ、里美は両手を豊乳の側面に這わせた。左右からさらに乳圧を強めると、ボディーソープでにゅるにゅるの膨らみを左右互い違いに揉みあげていく。ヂュッ、ヂュチュッという音を立てながら、乳肉で弟の勃起をさらにこすりあげた。谷間から鼻の奥を刺激する牡臭が立ち昇り、下腹部がキュンッとする。

（はぁン、これ、私も乳首が裕の下腹部とこすれて気持ちいい。どうしよう、あそこのムズムズがさらに……。胸ではなく、手でしてあげるだけにすればよかったかも）

高校三年生のときに初彼と別れてから、一度もしていないセックス。使われることなく眠っていた膣襞が刺激を求めて卑猥な蠢きを開始していた。子宮の疼きも増し、分泌された蜜液が秘唇表面からこぼれ落ち、内腿に垂れてきている。

「ほんとにすごいよ。こんなの、僕、初めて……。あぁ、信じられない。本当に僕のがお姉ちゃんの、桂木里美の大きなオッパイに……くぅぅ、はぁ……」

「そうよ。こんな経験できるの、世界中で裕だけよ。私の弟でよかったでしょう」

こみあげてくる淫欲をなんとか抑えつけ、里美は艶めいた顔に微笑を浮かべた。

「うん、よかった。お姉ちゃんの弟で……。くぅぅ、もっと言えば、お父さんが海外転勤になってくれて、お母さんの家に引っ越して、よかったよ」

射精が近いのか、裕一の身体が落ち着きなく揺れ動いていた。さらに、弟の両手が里美の華奢な肩にのばされ、快感を伝えるようにギュッと摑んでくる。

「あんッ、裕、手の力、少し緩めて。ちょっと痛いわ」

「ご、ごめんなさい。あっ、少し赤くなっちゃった。ほんとにごめんなさい」

ハッとしたように少年が両手から力を抜き、申し訳なさそうな顔をすると、それまで摑んでいた部分を労《いたわ》るように撫でてきた。その優しい気遣いに、里美の頬が自然と緩み、弟への愛おしさが募った。

「ありがとう。さあ、もっといっぱい、気持ちよくなるのよ。桂木里美のオッパイをこんなエッチなことに使える幸運に感謝しなさい」

にっこりと微笑み、女子大生は己の豊乳をさらに揉みくちゃにしていった。

ヂュッ、グチュッと粘ついた摩擦音が深い谷間から湧きあがる。

「おっ、お姉ちゃンッ！　してる。すっごく感謝……はぁ、ダメ、ほんとに限界」

「我慢しなくていいのよ。お姉ちゃんのオッパイ、裕の白いのでベトベトにしてちょうだい」

さらに激しくこすりあげると、ピョコ、ピョコッと亀頭先端が谷間から顔を覗かせ、ボディーソープの香りに混ざった先走りの匂いがさらに強まった。その媚香に触発された柔襞がさらなる蠕動《ぜんどう》を繰り返し、里美の腰が悩ましく左右に揺れ動く。

（このままじゃ、私のほうがたまらなく……。実の弟にこんな気持ちになるなんて）

適度な肉づきの太腿を軽くこすり合わせるとかすかな刺激が秘唇を襲い、背筋をほのかな快感が這いあがった。その物足りなさにさらに悩ましくヒップが揺れていく。

「出ちゃう！　ほんとに、お姉ちゃんのオッパイに僕……あッ、あぁぁぁッ！」

裕一の絶叫が浴室にこだました直後、胸の谷間の強張りがそれまでになく大きく跳ねあがり、ソープ液と先走りの膜を突き破って欲望のエキスが迸《ほとばし》った。

「キャッ！　う〜ン、すっごい……」

谷間から頭を出した亀頭、そこからドピュッと噴き出した粘液が里美の顎を直撃してくる。さらに、脈動のたびに放たれる白濁液は頬にまで飛び、ドロッとしたスライム状の液体が顎へと垂れ、最終的にはポトッと浴室の床に滴り落ちていった。

「ご、ごめん、お姉ちゃん。あぁ、気持ちよすぎて、くッ、まだ出ちゃうよぅ」

「いいのよ、出しなさい。お姉ちゃんの胸に全部、スッキリ出しきっていいからね」

ビクン、ビクンッと腰を痙攣させつづける裕一に、里美は両手で豊かな乳房を捏ねあげ、射精の脈動がおとなしくなるまで刺激を加えつづけた。

（あぁん、それにしても、こんなに出るなんて……。それに、精液の匂いってこんなに濃かったのね。この濃厚な香りに、頭がクラクラとしてきちゃいそうだわ）

断続的に噴きあがる弟の濃厚ミルク。鼻腔をダイレクトに突き抜ける牡の香りが、里美のオンナを確実に煽り立ててくる。下腹部の疼きは耐えがたいレベルに達し、分泌された淫蜜で内腿がベチョベチョになっていた。

「はぁ、ハア……す、すごかった。ほんとにこんなすごい射精、初めてで……」

上気した顔に恍惚の表情を浮かべた裕一が、崩れ落ちるように風呂椅子に座り、蕩けた眼差しを姉に向けてきた。

「うふっ、裕が満足してくれて、お姉ちゃんも嬉しいわ」

昂ぶる肉体を必死に押さえつけ、姉としての余裕を見せつけるように微笑み返す。

「うん、でも、お姉ちゃんの綺麗な顔や身体にいっぱい掛けちゃって、ごめん」

「こんなのは洗い流せばすむんだから、いいのよ。それにしても、裕。あんなにいっぱい出たのに、まだそこ、小さくならないのね」

（ほんとにすごい。出したばかりで、まだあんなに大きなままだなんて。確かに彼とも連続でしたことはあったけど、少しは萎えた感じがしていたような……）

唯一知る男性と比べ、弟の衰え知らずな強張りに小さく喉が鳴ってしまう。

「あっ！　こ、これは……ごめんなさい」

ハッとしたように慌てて両手でペニスを隠してくる。そんないまさらな態度ですら、裕一の初心《うぶ》さ加減をあらわしており、母性をいやでもくすぐられてしまう。

（ダメだわ。私、本当に止まらなくなっちゃう。相手は実の弟なのに……絶対に許されない、家族を裏切る行為なのに、身体が裕を求めてる。こんな感覚、初めてだわ）

「いまさら隠す必要ないでしょう。ねえ、お姉ちゃんともっとエッチ、したい？」

（あぁん、言ってしまったわ。許されないことだけど、姉とエッチしたなんて、裕だって他人に話せることではないし、二人だけの秘密にできるのなら……）

立場上、普通の女子大生のように恋愛を楽しむことはできない。梨奈のように恋愛が禁止されているわけではない。しかし、変な男に引っかかりおかしな写真を週刊誌に売られた場合、女優生命そのものが終わってしまうだけに、付き合う相手はしっかりと見極める必要がある。だが現在、そんなことに時間を割《さ》く余裕はない。それなら許されない相手だが、信用できる弟をその対象に求めても不思議ではなかった。

「えっ、いや、それは……僕たち、姉弟、だし……」

「わかってる。絶対に許さないことよね。でも、お姉ちゃんの身体、いますごくエッチな気分が盛りあがっちゃってるの。だから、もし裕がイヤじゃなければ……」

淫欲の昂《たかぶ》りで自然と艶めかしさが滲み出ていた里美は、哀願の眼差しを戸惑いを見せる裕一に向けた。

「イヤなんかじゃないよ。お姉ちゃんみたいな超がつく美人で有名な女優さんとなんて、僕みたいな取り柄のない平凡な人間には一生、縁のない話だし。そんなお姉さんと初めてのエッチができたら、もう最高で、誰にも言えないけど一生の宝物だよ」

大きく唾を飲んだ少年が、つたない言葉でまっすぐな想いを打ち明けてきた。

(裕、まだ童貞なのね。あぁ、私が裕の、弟の初めて、奪っちゃうんだわ)

妹の梨奈とは最後までしていなかったことに胸を撫でおろしつつ、同時に弟の初めてを奪うことになる禁忌に子宮がわななき、新たな淫蜜を滲み出させた。

「女優との縁なんて、私の弟なんだから、これからいくらでもあるわよ。でも、裕の初めてをもらうのはお姉ちゃんよ。それで、いいのね?」

「うん。お、お願い、します」

改めて問いかけると、緊張の面《おも》持ちとなった裕一がコクンッと頷き返してきた。

「じゃあ、シャワーで身体、綺麗に洗い流したら、場所を変えましょう」

実弟の初めてを奪う。その背徳感にゾクゾクッと総身を震わせつつ、里美は身体中についているボディーソープを流すため、立ちあがるのであった。

4

「すっごく綺麗だ……。まさか、お姉ちゃんのあそこ、見せてもらえるなんて……」

里美の寝室。部屋の中央に置かれたダブルベッドに横たわった女優姉が、スラリと長い美脚をM字形に開いてくれていた。その脚の間に身体を入れてうつぶせとなった裕一の目の前には、すでにたっぷりと潤んだ淫裂が開陳されている。

(ほんとすごく綺麗だ。リーねぇもそうだけど、美人さんってみんなこんなところも綺麗でいい匂いがするのかな。それとも、リーねぇや里美お姉さんが特別……)

色は少しくすんだようなピンク。陰唇のはみ出しもあまりなく、ひっそりとした佇《たたず》まいの秘唇。処女の梨奈ほど固く口を閉ざしている印象はないが、それでもまったく形の崩れていない秘所は、女子大生の経験が多くないことを示しているようだ。

「あんッ、そんなじっくり見ないで。本当は弟に見せていいところじゃないんだから。それに、もうすっかり準備できてるから、わざわざ舐める必要ないのよ」

艶めいた声をあげた里美の腰が、小さく揺れ動いた。すると、嗅ぐだけで酔わされてしまいそうな甘い媚臭がさらに濃く漂ってくる。

「でも、僕がお姉ちゃんのここ、舐めてみたいんだ。我がまま言って、ごめんね」

姉の淫臭に恍惚を覚えながら、裕一は両手で里美の太腿を抱《かか》えこむと顔を一気に近づけ、濡れたスリットをペロンッと舐めあげた。

「はンッ、裕……。あぁ、ダメ、なのに……。弟に与えるなんて、あンッ、許されないのに、うぅン、でも、気持ちいいわよ、裕」

美人女優の腰が切なそうに震えていた。それに気をよくした裕一はさらに舌を動かし、女子大生の淫唇から溢れ出る蜜液を舐め取っていく。長姉の淫液はピリッと舌先を刺激する酸味がまず感じられ、その奥から梨奈に負けない甘みが襲ってくる。

（美味しい。お姉ちゃんのエッチジュース、リーねぇと同じくらいに甘いよ。やっぱり、姉妹だとこういうところも似るのかな）

チュッ、チュパッ、ちゅちゅっ……。陶然となりながら姉の淫ら汁を嚥下《えんげ》していく。酔わされた快楽中枢が腹部とベッドに挟まれる勃起に指令を送り、絶頂感の近さを警告するように胴震いを起こし、先走りをシーツに滴らせた。

（まだだ、絶対こんなところで出しちゃダメだ。出すならお姉ちゃんのここに……。でも、今度はちゃんとできるかな？　リーねぇとのときみたいにまた……）

挿入直前にしぼんでしまい初体験を失敗した過去があるだけに、心配は尽きない。

あのときも相手は「姉」であり、今回もダメだった場合はそれこそ「姉弟では許されない」という自然の摂理のあらわれとなってしまう。

（いまはそんなこと考えても無駄だ。絶対、成功することだけを想像して……）

弱気になりそうな心を奮い立たせ、裕一はさらに激しく里美の淫唇を嬲った。

「はぅ～ン、裕、いち……あんッ、そんながっつかないでも、お姉ちゃん、逃げないから安心して、キャンッ！　ダメよ、裕、そ、そこは、あッ、あ～～～ンッ」

裕一の舌先が秘唇の合わせ目で存在を誇示しはじめていた突起を舐めあげたとたん、里美のヒップがベッドから浮きあがるほど激しく跳ねた。

（うわっ、すっごい、お姉ちゃんの蜜が一気に溢れて……）

口腔内に溢れかえった甘蜜を喉の奥に流しこみ、ターゲットをクリトリスに絞る。

「ダメよ、裕。ほんとにお姉ちゃん、あぁン、もうイッ、イッちゃうからぁぁッ！」

ぢゅるっ、チュパッ、ちゅちゅっ……。充血した小粒なポッチを重点的に嬲りまわすと、美人女優の腰が激しい痙攣に見まわれ、絶頂の絶叫が鼓膜を震わせた。刹那、ピュッ、ピュ～ッと淫裂から蜜液が迸り、裕一の唇周辺を濡らしてくる。

「ンぱぁ、はぁ、ああ、お、お姉ちゃん、大丈夫？」

美しい秘唇から顔をあげた裕一は上体を起こすと、いまだに小刻みな痙攣を繰り返す姉を見つめ、背筋をゾクゾクッとさせた。

(すごい！　こんな色っぽい桂木里美、見たことないよ。僕がこうしたんだ。僕がお姉ちゃんのあそこ舐めてイカせたから、こんなエッチな顔、見せてもらえてるんだ)

テレビドラマやＣＭで頻繁に目にするウットリするほどの美貌は、かつて見たことがないほどの匂い立つ色気を放ち、悩ましく開いた半開きの唇からは艶めいた吐息を漏らしつづけている。その初めての表情を引き出したのが、己のつたない愛撫であったと思うと、妙は優越感さえ覚えてしまう。

「あぁん、大丈夫よ。ありがとう。まさか、初めての弟にこんなに感じさせられちゃうなんて……。ごめんね、お姉ちゃんだけ先に。今度は私が裕のそれを楽にしてあげる番ね。さあ、ここに横になってちょうだい。そうすればあとはお姉ちゃんが……」

裕一の股間に視線を這わせた里美が、快感の余韻を引きずるように上体を起こしてきた。次姉以上に豊かな膨らみが、たぷんと悩ましく揺れ動く。その悩ましさに、二度目の射精を求めるペニスが小刻みに跳ねあがり、パンパンに張りつめ赤黒くなってしまった亀頭から新たな先走りを滲ませた。

「う、うん、よろしくお願いします」

緊張で上ずった声を発し、先ほどまで姉が横になっていた部分に横たわった。

「はぁン、ほんとにすっごく元気ね。素敵よ、裕」

急角度でそそり立ち誇らしげに裏筋を見せつける強張りを一瞥した姉が、凄艶な微笑みを浮かべまたがってきた。

「ほ、ほんとに、お姉ちゃんと、僕……もうすぐ、お姉ちゃんのそこに僕のが……」

見つめる先には、全体がベチョベチョに濡れた美人女優の女穴があった。一度絶頂に達したからか、ひっそりとした秘唇がわずかに口を開けているのがわかる。そして、蜜壺から垂れ落ちた淫ら汁が姉の内腿に卑猥なテカリをもたらしていた。

「そうよ、裕の初めては姉の私が、女優の桂木里美がもらうわ。覚悟はいいわね？」

「も、もちろんです」

緊張がさらに増し、心臓が口から飛び出してしまいそうだ。梨奈のときのように萎えてしまわないかいまだに心配ではあるが、考えても答えなど出るわけがない。

「いい、お返事よ。最高の初体験にしてあげるわ」

艶めきの中にも優しさが滲む笑みを浮かべ、里美のヒップが落とされた。両膝を裕一の腰の横につき、右手でいきり立つペニスを握りこむと、挿入しやすいように垂直に立ててくる。

「くはッ！　あっ、あぁ、おっ、お姉、ちゃん……」

ほっそりとした里美の指で強張りを握られると、それだけで射精感がさらに上昇してきた。目の前が早くもチカチカとしはじめ、本当に暴発してしまいそうだ。

「あんッ、硬いわ。それにさっきよりも熱くなってる。すぐに楽にしてあげるわよ」

艶めいた声をあげた姉の腰がさらに落とされる。たっぷりと潤んだ秘唇が張りつめた亀頭に急接近し、ンチュッと背徳のキスをした。

「さ、触ってる……ぼ、僕のが里美お姉さんのあそこに、本当にこのあとは……」

(今回は成功するかも。里美お姉さんで、僕、本当に初体験を……)

いまだ衰える気配を見せず、それどころか挿入をせがむように、肉槍にはさらなる血液が送りこまれた。

「そうよ、裕のこの硬いの、もうすぐお姉ちゃんのここに、うンッ、挿《はい》ってくるのよ。はぁン、すっごいわ、裕の、さらに大きくなった。もうちょっとだけ我慢してね」

姉の腰が小さく前後に揺れ動き、亀頭が濡れたスリットにこすりあげられた。たまらない快感が背筋を駆けあがり、ビクン、ビクンッと強張りが小刻みに震えていく。

「はぁ、おっ、お姉ちゃん、僕、もう……」

「すぐよ、本当にもう少しだか、はンッ！　ここよ、ここが入口、よく見ておくのよ。裕のがお姉ちゃんの膣中に挿る瞬間、一生に一度なんだから見逃さないようにね」

突きあがる射精感に裕一が弱音を吐いた直後、ンチュッと湿った音を立て、亀頭先端がひっそりとした秘唇を圧《お》し開いた。淫靡に潤んだ瞳で見つめてくる里美が囁きかけてきた次の瞬間、女子大生の双臀がズンッと落とされた。ンヂュッとくぐもった音とともに、漲る肉槍が美姉の肉洞に呑みこまれていった。

「ンはっ、あっ、あぁ、すっごい……。本当に僕のがお姉さんのあそこに……くぅ、絡む。キツキツのウネウネがキュンキュンしながら、ダメ、こんなのすぐに……」

視界が一瞬、白く塗り替えられるほどに激烈な快感が脳天を突き抜けていた。気を抜けばその瞬間、白濁液を噴きあげてしまうのは確実だ。裕一は奥歯をグッと噛み締め、迫《せ》りあがる絶頂感をなんとか押しとどめていく。

(夢じゃない。ほんとに挿ってるんだ。里美お姉さんの、人気女優、桂木里美のオマ×コに僕のが……。こんなすごい初体験ができるなんて……)

アイドル姉との初体験失敗を経験していただけに、脱童貞を果たした喜びが全身を駆け巡っていた。それも相手はもう一人の姉で、誰もが羨む美人女優なだけに感慨もひとしおだ。

「はぁ～ン、挿ったわよ。裕のがお姉ちゃんの膣中に、奥まで……。あぁん、大きいわ。それにすっごく熱い。ナマで感じるの初めてだから、お姉ちゃんもすぐにおかしくなっちゃいそうよ」

肉洞を満たす数年ぶりの男性器に、里美の顔に恍惚の表情が浮かんだ。悩ましく眉根を寄せ、ゾクリとするほどに艶めいた眼差しを弟に向けると、裕一の腰が跳ねあがり、連動して強張りがググッとさらに充実してきた。

(嘘、まだ大きくなるなんて……。ほんとに挿れちゃったんだわ。裕の、弟のオチ×チン、根元まで。こんなの絶対に許されないのに、なんでこんなに気持ちいいの)

「は、初めて?」

「そうよ、ナマで直接は初めて。うふっ、感謝しなさい。裕は桂木里美のここの感触を、ナマで直接感じた初めての男なんだからね」

一瞬、怪訝《けげん》な表情を浮かべた弟に艶然と微笑み返すと、里美はゆっくりと腰を上下に動かしはじめた。ヂュッ、クヂュッと粘つく摩擦音をともなって、男子高校生の勃起が女子大生の蜜壺を往復していく。

「うん、してる。くッ、とっても感謝、してる。でも、ちょっと悔しい。お姉ちゃんの初めても、僕がほしかったよ」

「な、なにをバカなこと言ってるのよ。お姉ちゃんに経験があったからこそ、裕の初めて、こうして導いてあげられてるんでしょう」

思わぬ背徳の言葉に、背筋をゾクッとさせつつ返していく。

初体験は高校二年生、いまの裕一と同じ年の頃だ。そのとき弟は中学二年生。当時は離れて暮らしていたが、きっとオトコとしての欲望には目覚めていたであろう。

(長く離れていたからこそいまこういう関係になっているわけで、ずっといっしょだったらおそらくは普通の姉弟に……。でも万一そんなことになっていたら……)

期せずして想像してしまった禁忌に、女子大生の子宮を重い疼きが襲った。

キュンッと肉洞全体が締まり、同時に柔襞がより活発に活動を開始。漲る弟の硬直を絡め取り、しごきあげていく。

「くはッ、ダメ、お姉ちゃん、そんな強く締めつけられたら、僕のが潰れちゃうよぅ。それにエッチなウネウネがさらにキツく……ほんと、我慢できなくなっちゃう」

「いいのよ、我慢なんてしないで、このまま膣中に……。いまは大丈夫なときだから、お姉ちゃんの膣奥に、子宮に、裕の熱いのいっぱい注ぎこんでちょうだい」

弟の欲望のエキスを子宮に浴びる背徳。想像するだけで女子大生の性感が煽られ、腰の上下動が激しくなっていく。卑猥な性交音が大きくなり、張り出したカリ首が力強く膣襞をこすりあげてくる。

「ンはッ、おっ、お姉ちゃん、そんなエッチに腰、動かされたら本当に僕すぐ……」
射精感を必死にこらえているのだろう。裕一の顔が切なそうに歪んでいた。その懸命さが母性を妖しくくすぐってくる。

(あぁん、こんな必死に我慢している姿を見せられたら、それだけで私……)

悩ましく腰を振るたびに、逞しい亀頭の張り出しで膣襞を抉《えぐ》られ、脳天に鋭い快感が突き抜けていく。それによって里美も確実に絶頂へ近づいていた。しかし、先ほどクンニで絶頂に押しあげられているだけに、弟にそれを悟らせるわけにはいかない。

「『出していい』って言ってるでしょう? それとも、お姉ちゃんの膣奥に射精する最初の男になりたくないの?」

漲るペニスを肉洞でこすりあげながら、試すような眼差しを向けた。

「もちろんなりたいよ。でもそれ以上に、もっとお姉ちゃんと繋がっていたいんだ」

絞り出すような声をあげた裕一の両手が、腰を振るたびにユッサユッサと重たげに揺れていた双乳へのばされた。量感を確かめるように、肉房が揉みあげられる。

「あんッ、いいわ。お姉ちゃんのオッパイ、好きなだけモミモミしてちょうだい」

ムニュ、モニュッと乳肉を捏ねあげられると、新たな快感が快楽中枢を揺らし、肉槍を咥えこむ蜜壺全体が、さらにキュンッとしてしまう。

「うくッ、また、キツく……。はぁ、大きい……。お姉ちゃんのオッパイ、ほんとリーねぇより大きくって、柔らかさや揉み応えだって……」

ウットリと乳肉を捏ねまわしてくる弟の言葉に、里美はハッとした。

「ねえ、裕、梨奈とはどこまでエッチしたの？　オッパイだけ？　それとも……」

「そ、それは……」

悦楽に染まっていた裕一の顔が引き攣った。両手を豊乳に這わせたまま視線が揺れ動く。若干、肉洞内のペニスも勢いを失ったようだ。

（あんッ、ダメ、こんな中途半端な状態で放置されたら、おかしくなっちゃう）

二度目の絶頂へ確実に盛りあがっていた快楽が失わされそうな恐怖に、里美は切なげに腰を震わせると、意図的に膣をすぼめ逞しい強張りを膣襞でガッチリと絡め取っていく。しかし、その口からは正反対の挑発的な言葉が放たれた。

「言えないのなら、ここで終わりよ。残念ね。お姉ちゃんの子宮に熱い精液、浴びせる最初の男になるチャンスだったのに。裕がお姉ちゃんの、桂木里美の身体に触ることは二度とないでしょうね。さあ、普通の姉弟に戻りましょう」

ギユッと思いきりペニスを締めつけた状態で裕一をまっすぐに見つめ、ゆっくりと腰を引きあげていく。

「ヤダ！　僕はお姉ちゃんの、桂木里美の初めての男になるんだ！　ほかの奴になんか、絶対に渡すもんか！」

激しく首を振った裕一の両手が、乳房から細く括れた腰におろされた。そのまま姉の腰を下方向に押さえつけ、自身の腰を突きあげてくる。グヂュッという粘音とともに、抜けかけた強張りが再び肉洞の奥へと叩きつけられた。

「はンッ！　ゆっ、裕……。なら、答えなさい。怒らないから、正直に言うのよ」

ズンッと突き入れられた肉槍。すぼめていた膣道が強引に圧し拡げられ、柔襞が力強くこすりあげられた。その喜悦に甘いうめきをあげつつ、里美は淫靡に潤んだ瞳を弟に向けていく。

「り、リーねぇがライブ中に襲われた日の夜、ホテルで……」

戸惑いつつも語られた話に、里美は驚きの表情を浮かべた。

（そういう雰囲気になっちゃったんだろうけど、まさかそこまで一気に……。そりゃあ、裕の話を出したとき、梨奈の顔が赤くなるワケね）

「よく話してくれたわね、ありがとう」

里美は優しい顔で囁くと上体を倒し、裕一の唇にチュッとキスをした。

「お、お姉ちゃん！」

少年の両目が見開かれ、全身を震わせたのがわかる。さらに、一度は力を失うかにみえた淫茎も肉洞内で跳ねあがり、膣道がパンパンになるほどの充実具合となった。

（はンッ、すっごい、裕のこれ、刺激すればするだけ大きくなるんじゃ……。こんな逞しいのでこすられたら、私もすぐに……）

「正直に打ち明けてくれた可愛い弟には、最高の射精をプレゼントしてあげるわね」

挿入直前で勃起がしぼんだ話など、年頃の男の子にはとんでもなく恥ずかしい話題に違いない。それを素直に打ち明けてくれた弟がとてつもなく愛おしく感じる。そのため里美は再び上体を起こし騎乗位に戻ると、一気に射精に追いこむべく激しく腰を振りはじめた。

ンヂュッ、グチュ……卑猥な相姦音が大きくなり、パツパツに張った亀頭が柔襞を強引にこそげてくる。その刺激の強さに、里美の性感も一気に盛りあがった。

「あんっ、いいわ。裕の硬くて熱いので膣中こすられると、お姉ちゃんも……。はぁン、イキましょう、裕。お姉ちゃんといっしょに、このまま最後まで……」

「ぐはッ、お、お姉ちゃん、は、激しいよ。もっと、もっと長くしてたいのに……」

快感に顔を歪めた裕一は喉の奥から絞り出すような声をあげると、両手を再び女子大生の双乳へと這わせ、豊かな肉房を愛おしげに揉みこんだ。

「バカね、何度でもいいのよ。今夜はこの身体は裕のもッ、あんッ！　ダメ、乳首、摘まんじゃ……あぁん、そんな、クニクニ、しないでぇ……」

鋭い悦楽が脳天を突き抜け、一瞬、眼前が白くなりかけた。量感を楽しむように乳房を揉んでいた裕一が突然、球状に硬化していた両方の乳首を指先で挟みつけ弄《もてあそ》んだのだ。ゾクゾクッとした愉悦に肉洞が自然と反応し、膣圧がさらに高まっていく。

「ンほぅ、しっ、締まる！　お姉ちゃんのオマ×コ、ただでさえキツキツなのに、さらになんて……はぁ、出ちゃう。ほんとに、僕……」

「ちょうだい。裕の熱いミルク、お姉ちゃんの膣奥に思いきり注ぎこんでぇ」

（イクッ！　私ももうすぐ……裕といっしょにイケそうだわ）

迫りくる絶頂感に追い立てられ、里美の腰がさらに高速で上下しはじめた。粘つく背徳の性交音が高まり、子宮が牡を求めてさがってくる。コツン、コツンッと張りつめた亀頭先端が子宮口をノックし、それが新たな快感となって全身を伝播していた。

「出すよ、お姉ちゃん。里美お姉ちゃんの膣奥に」

「来て！　お姉ちゃんもイキそうなの、だから、裕もいっしょに、あぁ〜ん」

「出るッ！　僕、ほんとに、あぁっ、ッるっ！　出ちゃぅぅぅぅッ！」

豊乳をギュッと鷲掴みされ、里美の眉根が寄った次の瞬間、弟の腰がビクンッと大きく突きあがり、逞しい肉槍がググッとさらに奥まで押しこまれた。子宮口を強引に圧し開かんと亀頭が押しつけられた直後、熱い迸りが胎内を駆け巡った。

「イクわ、私も、裕の、弟のオチ×チンで、イッちゃうぅぅぅぅぅッ！」

弟の迸りを感じたときには、里美の全身にも絶頂痙攣が襲いかかっていた。脳の回線を焼き切るほどのスパークが起こり、視界が一瞬にしてホワイトアウトしていく。

「うほぅ、搾られる。あぁ、お姉ちゃんのエッチなウネウネで、僕、さらに……」

「出して、一滴残らず、裕の熱いミルク、お姉ちゃんに全部ちょうだい」

断続的に腰を突きあげ射精の脈動をつづける裕一に、女子大生はビクン、ビグンッと激しく身体を震わせながら弟に向かって上体を倒していった。Gカップの膨らみが弟の胸板でグニョリとひしゃげ、乳首が押し潰されてしまう。その快感にすら身体を悶えさせていると、少年の熱い手が優しく背中を抱き締めてきた。

「はぁ、ハア、あぁ、ありがとう、お姉ちゃん。さ、最高の初体験、だったよ」

「あなたも最高だったわ、裕。こんな気持ちいいセックス、お姉ちゃんも初めてよ」

（まさか、初体験の弟に二度もイカされることになるだなんて……。もしかして、私と裕って姉弟だから相性いいのかしら？）

上気した顔で蕩けた目を向けてくる裕一に艶然と微笑み返すと、里美はチュッと再び弟と唇を重ね合わせた。

「お、お姉、ちゃん……ゴクッ。こんな色っぽいお姉ちゃんの顔、初めて見るよ」

「恥ずかしいこと言わないで。でも、そうね。まずテレビでは見せない、見せられない顔ね。桂木里美のエッチ直後のオンナの顔を見られるのは、裕だけの特権よ」

鏡を見なくとも、悦に浸って蕩けた顔を晒しているのがわかる。それだけに、女優としてけっして表に出してはいけない表情を見られる羞恥はありつつ、そんな快楽を与えてくれた弟には感謝しかなかった。

「あぁ、お姉ちゃん！」

ゾクッと全身を震わせた少年が、里美を抱きしめたままクルッとベッドの上で半回転した。「あんッ」と小さなうめきを漏らしたときには、弟に組み敷かれていた。肉洞に埋まったままのペニスが、硬度を取り戻してきているのがわかる。

「すごい、裕のがまた、お姉ちゃんの膣中で元気になってきてる」

「このままつづけてもう一回、いい？」

火照った顔で見下ろしてきた弟が、若干の不安を覗かせながら尋ねてきた。

「ええ、いいわよ。一度でも二度でも、裕が満足できるまで好きにしてちょうだい」

「あぁ、お姉ちゃん……」

ウットリとした呟《つぶや》きを漏らし、裕一の腰が振られはじめた。

ニュヂュッ、グヂュッ、精液と愛液が混ざり合う卑猥な摩擦音が瞬く間に起こり、逞しい強張りで再び柔襞がしごかれていく。

「あぁん、いいわ、裕、とっても上手《じょうず》よ」

(今夜は私、いったい何度、この子にイカされちゃうのかしら)

禁断の悦楽に引きずりこまれる予感に総身を震わせながら、里美は両足を跳ねあげると、弟の腰に絡みつけていくのであった。

第三章　アイドル姉の未開の女穴

1

「裕くん、ごめん。すぐにリビングに来て」

中間テストも終わった五月下旬。自室で宿題をこなしていた裕一の集中を途切れさせたのは、扉をノックする音とその後につづいた梨奈の緊張感のある声であった。

（帰ってきて早々の呼び出しって、まさか、里美お姉さんとのことがバレたか？）

時刻は午後九時前。宿題のため自室にこもった三十分前には、梨奈はまだ帰宅していなかった。そのため、姉が帰宅してから時間は経っていないと思われる。そんななかの呼び出しだけに、イヤな予感がしてしまうのだ。

ゴールデンウィーク中、長姉のマンションに滞在し童貞喪失を果たした裕一は、六本木のマンションに戻る前夜に、二度目のセックスを経験させてもらっていた。

本音を言えば、抜群のプロポーションを誇る美人女優と毎日でもエッチがしたかったが、多忙を極める姉にそんな我がままは言えない。最後の夜に再び身体を開いてくれたのは姉の優しさであり、里美の弟でよかったと思える瞬間でもあった。

(でも、お姉さんが自分からそんなことリーねぇに伝えるとも思えないけど……)

首を傾《かし》げながら椅子から腰をあげた裕一は、リビングへと向かった。

ダイニングテーブルには母の静子と梨奈が並んで座り、テーブルの上に置かれた紙を見ている。その母の表情もどこか険しい。

「お帰り、リーねぇ。それで、なにかあったの？」

梨奈に挨拶をしてから問いかけると、静子が無言のままテーブルに置かれた紙をこちら側に押しやってきた。不穏な空気を感じつつ、問題のペーパーを手に取る。

「えっ!?　こ、これって……」

あまりに予想外な展開に慌てて梨奈を見ると、アイドル姉が小さく首を振った。

(なっ、なんなんだ、これ？)

再びペーパーに視線を戻し、細かく内容を確認していく。

【熱愛スクープ！】

超人気アイドルTDGの中心メンバー桂木梨奈（16）のお忍びデートを激撮!!


それは写真週刊誌のゲラ刷りで、大文字のフォントで煽り文句が記されていた。誌面には、セーラー服姿の梨奈が学生服を着た同世代の男と楽しげに歩く写真が掲載されている。男の顔はモザイク処理がされていたが、すぐにピンッときた。

「これって、もしかして先週の……」

自分の声が引き攣っているのがわかる。

それは先週、梨奈がオフの日の放課後にいっしょに訪れた、上野の美術館から出たところを撮った写真であった。つまり、男のほうは間違いなく裕一なのだ。

美術館ではフランスの有名美術館の作品を展示する特別展が開催されており、その音声ガイドを里美が担当。そのため、鑑賞チケットを女優姉からもらった裕一が梨奈を誘ったのである。

「ごめん、リーねぇ。僕が考えなしに誘っちゃったから……。あぁ、クソッ！　電車の中でこの広告、見たんだよ。それがまさか、これとは……」

双子の姉に大変な迷惑を掛けてしまった申し訳なさに、裕一は深く頭をさげた。

中吊り広告には〝人気アイドル熱愛スクープ〟としか書かれていなかったため、よもや自分と双子姉のことだとは想像もしていなかった。

「別に裕くんのせいじゃないよ。私だってこんな記事が出ると思わなかったし」

当然、梨奈も弟との写真で〝熱愛〟報道されるとは思っていなかったようだ。

「出版社にはこの写真の相手が弟だってこと、伝えたの？」

「事務所が抗議したけど差し止めは難しいって。明日の朝には店頭に並んじゃう」

母の問いかけに、梨奈が悲しそうに首を振った。

「そう、止められないのならそこは捨てるしかないわね。それで、どうするつもりなの、これ。相手が裕一、弟だからって、放置は得策じゃないわよ」

「明日の午後、会見を開くことになった。両親の離婚や裕くんの存在を公表することになると思う。あと、学校も休むことになる。ごめん、ママ」

母に向かって頭をさげる梨奈に、裕一は胸が苦しくなった。元はといえば、自分が姉を美術展に誘ったのが原因なのだ。それなのに、いざとなったらアイドル姉を矢《や》面《おもて》に立たせ、自分ではなにもできない無力さを痛感する。

「ママは別にかまわないわよ。事実が明らかになったところで、問題ないもの」

有名コンサルティングファームで役員を務める母は、修羅場を何度も経験しているのだろう。娘を安心させるように、余裕ある表情で微笑み返していた。

「あ、あの、リーねぇ、僕も会見場に行くよ。僕のせいなんだし必要ならいくらでも」

「ありがとう。でも、大丈夫。一般人の裕くんが顔を晒す必要はまったくないから。それに、さっきも言ったけど、これ、裕くんのせいじゃないからね」

裕一の申し出に梨奈は首を左右に振り、弟を慰めるような声を掛けてくれた。それによりさらに、一介の高校生でしかない自分の無力さを思い知る。

「ママや裕一のことはいいとして、里美との件はどうするの？」

「それは明日、事務所でお姉ちゃんも交えて話をすることになってる」

（そうだよ。これ、リーねぇだけの問題じゃなく、里美お姉さんにも影響が……）

母と姉の会話を聞き、トップアイドルである双子姉ばかりか、人気女優である長姉にまで迷惑を掛けてしまうことに改めて気づかされた裕一は、事の重大さに全身が震えてしまった。

（あとで里美お姉さんに電話して謝らなきゃ）

最高の初体験を経験させてくれた女子大生。誰もが羨む美貌を誇る姉と、めでたくも嬉しくもない話をしなくてはいけないことに、心が沈みそうになる。

「いまから明日の会見が終了するまで、完全にネット断ちしたほうがいいわよ」

「そのつもり。こんなデタラメな記事が原因で、誹謗中傷を受ける謂《い》われはないもの」

「裕一もよ。梨奈の会見が終わるまで余計な情報はシャットアウトしておきなさい。梨奈よりもあなたのほうが追いつめられそうで、ママ、心配だから」

「う、うん、わかった、そうするよ」

すでに追いつめられた気分の裕一は、母の言葉に小さく頷き返すのであった。

2

テーブルや椅子はすべて後方に片付けられ、壁を背にして立つ梨奈の前方と両サイドには各テレビ局のカメラマンや記者、芸能リポーターが群がっていた。

「本日は私事でご迷惑をお掛けし、申し訳ありませんでした。また、このような場にお集まりいただき、ありがとうございます」

写真週刊誌が発売された当日の午後二時すぎ、梨奈は日比谷にある所属事務所の会議室で深く一礼をした。その瞬間、無数のフラッシュが焚かれ、シャッター音が響く。いまこの瞬間、各テレビ局のワイドショーでは生中継されているはずだ。

「あの写真の男性とはどういうご関係ですか。恋人というの本当ですか？」

「TDGは恋愛禁止だったはずですが、ファンに対しての裏切り行為なのでは？」

「いつ、どういう経緯で知り合い、お付き合いがはじまったんですか？」

「TDGのほかのメンバーは今回の件でなにか言っていましたか？」

「以前、劇場ライブ中に襲われましたが、彼とはどういう会話を交わしたんですか？」

記者が一斉に口を開き、マイクをつけてくる。その顔には嬉々とした喜びが溢れていた。人気アイドルと言われ浮ついている小娘の化けの皮を剝がし、地獄に堕としてやる。相手の力が強いときはひたすら縮こまり恭順《きょうじゅん》の意を示すが、立場が悪くなったと判断するや、それまでの鬱憤をぶつけるような尊大な態度を取る小心者の群れ。

「まずは経緯をご説明させていただきます。そのあとでご質問にお答えさせていただきますので、少々お時間をください」

同席していた事務所のスタッフが記者を制し、頷《うなず》いてきた。小さく息をつき、梨奈は群がる無数のカメラを、特にテレビカメラを見据え、口を開いた。

三歳のときに両親が離婚し、母に引き取られたこと。そのときに離ればなれになった双子の弟がいたこと。その時点で早くも結論が見えたのか、意気込んでいた記者たちが目に見えて消沈していくのがわかる。

「では、あの写真の男性は……」

「双子の弟です。しっかりと裏取りをしていただければ、あのような記事が出ることはなかったと思います。私個人に対してではなくとも、事務所に対してもっと早い段階でご連絡いただけていれば、あのような誤報は防げたのではないでしょうか」

完全にやる気を失った記者の質問に、梨奈はまっすぐな視線を向けた。何人もの記者が居心地悪げに視線を逸らしていく。完全な誤報に踊らされ糾弾《きゅうだん》しようとした無様な道化。小心者ほど恥をかくことをおそれる。これ以上記者を刺激して逆恨みされても得にはならないだろう。梨奈はできるだけ冷静でいようと心に誓った。

「事務所としましては、どういう経緯によりあのような記事が作成され、掲載判断がくだされたのか、出版社に対して正式な抗議を内容証明郵便で送っております。今回の件は明らかな名誉毀損に当たると考え、弊社顧問弁護士とも相談しております」

記者が沈黙したタイミングで事務所スタッフが宣言をした。

「ええ、ここでもう一つ、公表させていただきたいことがあります」

梨奈が口を開くと記者の視線があがった。自分に周囲の視線が集まったのを見計らい、会議室のドアを示す。記者はもちろん、梨奈を捉えていたカメラも扉に向く。直後、ドアが開き、一人の女性が姿をあらわした。その瞬間、空気がざわついた。

照明が当たっているわけでもないのに、その周囲だけ明らかに光に照らされているような存在感を放つ、たぐいまれな美貌の若い女性。人気女優、桂木里美。

一部の事情を知る記者が「このタイミングで公表ですか」という視線を向けてくる。

しかし、事情を知らない多くの者の間には戸惑いが広がっていく。

「このたびは私の姉弟《きょうだい》の件で皆さまにご足労をおかけし、申し訳ありませんでした」

梨奈の隣に立った里美が、見とれるほど優雅な仕草で頭をさげた。その瞬間、記者たちの反応が一拍遅れる。が、直後、蜂の巣をつついたような質問ラッシュが二人に浴びせられた。

「もうなにも言う必要はないと思いますが、隣に立つ桂木里美は私、村松梨奈の実の姉です。姉も両親の離婚後、母に引き取られたので私たちはいっしょに育ちました」

隣に立つ姉に一度視線を向けた梨奈は、再び質問を発した記者に顔を向けた。そのとき一部記者の顔にハッとした表情が浮かんだ。桂木里美が芸名で、本名が村松里美であることを思い出したのだろう。

「なぜ、このタイミングで公表に踏み切られたのでしょうか」

「妹の件が雑誌に載ることがわかり、皆さまにご納得いただくには家庭環境についても話す必要があるだろうとなったとき、私の件だけ避けて発表しても今後同じようなことが繰り返される可能性、私も弟と二人で出かけることがありますので、変な誤解を招かないためにも、この場を借りて公表させていただくことになりました」

落ち着き払った里美の態度と言動。圧倒的な存在感を放つ美人女優のオーラに、ガセネタで女子高生に襲いかかろうとしていた記者たちの視線が再び落ちた。

「お二人に伺います。この件について、弟さんとはなにか話されましたでしょうか」

一人の記者がおずおずと手をあげ質問をしてきた。

「はい、いまはまた弟ともいっしょに暮らしているので、今回の記事が掲載されるとわかってすぐ話をしました。写真を撮られた美術館に行こうと誘ってくれたのが彼だったこともあり、自分のせいで迷惑を掛けたと何度も謝ってくれました。ただ、今回の件について弟はいっさい悪くないと私は思っていますので、その旨《むね》を伝えています」

「私は現在、実家を離れているため、電話がありました。と言いますのも、今回二人が訪れた美術展の音声ガイドを私が担当しています。その関係で、鑑賞チケットを弟にあげたのは私なんです。梨奈のことが公になれば、私とのこともオープンになる可能性がある。それを危惧《きぐ》し、何度も『ごめんなさい』を言ってくれました。しかし、私も弟に非はないと思っていますので、『心配いらない』と答えてあります」

最初に梨奈が、つづいて里美がそれぞれ答える。そんななかでも、姉はしっかりと開催中の美術展の告知まで入れ抜かりはない。その後は二人のプライベートに関する質問が飛び交《か》いはじめ、いつしか会見は和やかな雰囲気へと変化していった。

3

(ほんと、野次馬って無責任の集まりだな。なんだこの手のひらの返しようは)

二人の姉の会見から時間が経った午後十一時すぎ、裕一は自室のベッドでうつぶせとなり、この日は封印していたタブレット端末をオンにしていた。「村松梨奈」で検索を掛けいくつかの記事を読み、表示されていたコメントに目を通す。すると、見事な手のひら返しにゲンナリした気分になった。

母が危惧したとおり、熱愛報道が出た直後からネットは荒れ、一部のファンからは梨奈に対する誹謗中傷が繰り返された。CDを割ったり、アイドル姉の載った過去の雑誌をビリビリに引き裂いた写真をSNSに載せた者までいる。しかし、会見がはじまり弟との写真であることが判明すると今度は一転、梨奈に対する同情と、芸能人のプライベートを追いまわし盗撮をするマスコミへの怒りが渦巻いた。そして同時に、〝弟〟に対する書きこみも増えていった。

『村松梨奈と桂木里美が姉ちゃんとか最強じゃね』

『出生ガチャSSRの強運の持ち主だわ』

『名も知らぬ弟よ。とりあえずその場所変われ』

『弟よ。梨奈姉ちゃんは俺が幸せにしてやるから安心しろ』

『じゃあ、里美姉ちゃんは俺がもらうわ』

『桂木里美や村松梨奈と身近に接していたら、美人の定義バグりそう』

『姉ちゃんたちが美人すぎて一生カノジョができない負け組だよ』

『あの二人の弟というだけで、普通に勝ち組だろう。村松梨奈とは双子なんだし』

『姉ちゃんたちを通して、アイドルとも女優とも知り合い放題って、勝ち確だろう』

（人気芸能人って、ほんと大変なんだな。僕も迷惑掛けないように気をつけないと）

どうすればいいのかはわからないが、姉と二人でどこかに出かけるときはいままで以上に注意を払おうと覚悟を決めた直後、コン、コンッと扉がノックされた。

「裕くん、入っていい？」

「どうぞ」

裕一の返事を待ってから扉を開け、梨奈が部屋へと入ってきた。

会見のあとも複数の仕事をこなし、一時間ほど前に帰宅した梨奈は、ゆっくりとバスタイムを楽しんだのか、火照った顔に満足そうな笑みが浮かんでいる。

「今日は本当にお疲れさまでした。今夜はゆっくり休んだほうがいいよ」

ピンクの可愛らしいパジャマを着た姉の愛らしさと美しさにウットリしつつ、裕一はベッドから起きあがった。そのままマットレスの上であぐらをかく。

「うん、そのつもりだったんだけど……」

「どうかしたの？　もしかして、別の雑誌にも写真、載りそうだったとか」

なにかを言いよどんでいる雰囲気の梨奈に、思わず首を傾《かし》げてしまう。

「そういう話は聞いてないなあ。まあ、間違いだったら問題になるから、普通はある程度の裏取りをするし、確認すれば私と裕くん、それにお姉ちゃんも、姉弟ってわかるはずでしょう。今回の件は完全に向こうの勇み足。聞いた話だと、夕方、出版社のお偉さんに連れられて、編集長が事務所まで謝罪に来たみたいよ。内容まではよくわからないけど。あぁ、なんか、サイトに謝罪コメントを載せるとかなんとか」

アイドル姉は勉強机の前の椅子に腰をおろし、会見後の顚末《てんまつ》を聞かせてくれた。

裕一は再びタブレットを手にすると出版社のサイトにアクセスした。するとトップページに写真週刊誌の誤報に対する謝罪コメントが掲載されていた。ベッドから下り、椅子に座る梨奈にタブレットを差し出す。

「へぇ、来週号で経緯説明ねえ。はぁ、いまさらどうでもいいわよ。お姉ちゃんとの関係も明かしちゃったし」

「ほんとに、ごめん。僕が美術展にリーねぇを誘わなければ……」

「それは違うよ。プライベートで、姉弟で出かけることもできない状態がおかしいのよ。それにお姉ちゃんとのことがオープンになって、姉妹での出演依頼が早速舞いこんでるんだって。私もお姉ちゃんも忙しいから、スケジュール調整、大変みたいよ」

「そ、そうなんだ」

テレビ業界のスピード感、旬であればなんでも飛びつく姿勢に、顔が引き攣る。

「中には、『弟さんもいっしょに』とかふざけたこと言ってきた局もあるけど、それは断固拒否でいくから安心して。プライベートや家族を切り売りする気はないから」

「うん、ありがとう」

姉の毅然とした言葉に素直に感謝を口にしつつ、社会の荒波をなにも知らずヌクヌクと高校生活を謳歌している自分が、いかに子供かを思い知らされた気分にもなる。

「それでね、お風呂あがりにここに来た理由なんだけど、この前みたいに、またギュッてしてほしいんだけど、いい？」

「えっ？」

それまでとは一転、恥ずかしげな態度となった梨奈に、裕一は驚きの声をあげた。

「とりあえず問題なく会見も終わったけど、本当は血走った目の記者に囲まれて、けっこう怖かったんだよ。だから今夜はまたギュッてしてほしいの。ダメ？」

可愛らしく小首を傾げられた瞬間、ズキュンッと裕一の胸が射貫かれた。トップアイドルの美少女からこんな仕草をされ、平静でいられる少年がいるわけがない。

「だ、ダメじゃないよ。僕にできることなら、なんだって」

裕一の声が自然と上ずった。母の静子はこの夜、アメリカ本社とのリモート会議のため会社に泊まることになっていた。そのため、今夜この家には双子の姉弟しかいないのだ。だからこそ、梨奈もこんな申し出をしてきたのだろう。

(これって、この前のリベンジのチャンス？　それとも、言葉どおりの意味？)

劇場ライブ中に襲われる事件に遭った日。いっしょにホテルに泊まっていい流れになったが、挿入直前でペニスがしぼんで初体験失敗。裕一はその後、美人女優の姉、里美の素晴らしい肉体で脱童貞を果たしていたが、梨奈との件は喉の奥に刺さった小骨状態であった。それだけに、どうしても期待してしまう部分がある。

「言っておくけど、変なことしたら、許さないからね。あくまでも添い寝だけなんだから。きょ、姉弟としてのラインは、絶対に超えたらいけないんだから」

「もちろんだよ。そんなこと、充分、わかってる」

（わざわざ言及したってことは、リーねぇも意識してるってことなんじゃ……）

「でも、いいの？　ホテルのベッドと違って、シングルだけど」

「二人で寝るには狭いだろうけど、身を寄せ合うだけなんだから、大丈夫でしょう」

さらに頬を赤らめた梨奈が頷《うなず》き返してきた。

（いや、身体が密着しすぎることで危険度があがるんじゃ……）

双子姉の言葉に、裕一の頭に「？」が浮かんだ。しかし、そんなことを言って梨奈が自室に戻ってしまったのでは元も子もない。強気な態度とは裏腹に、テンパっている部分が見受けられる姉に思わず笑みが浮かんでしまった。

「なに笑ってるのよ」

「別に笑ってはいないよ。リーねぇが部屋に来てくれたことが嬉しかっただけだよ」

可愛らしく頬を膨らませる美少女アイドルに、裕一は顔を引き締め、首を振った。

「な、なら、いいけど。本当に変なことしたら、許さないからね」

上目遣いにそう言うと、梨奈が椅子から立ちあがりベッドへ近寄った。そして無言のまま布団をめくり身体を横たえたのだ。ゴクッと唾を飲み、裕一もその隣に身体をすべりこませる。

梨奈が右半身を下にした形で横向きになり、裕一は左半身を下にして、アイドル姉と向き合う。シングルベッドだけに、この時点で息が触れ合う近さだ。

「じゃ、じゃあ、ギュッて、するね」

目と鼻の距離の近さにある美少女の赤らんだ顔。そのかすかに潤んだ瞳と目が合うだけで、心臓が一気に高鳴る。呼吸が荒くなりかける中、かすれた声で宣言した裕一は右手を姉の背中にまわした。そのまま力をこめ、ギュッと抱きしめていく。

「あんッ、裕くん」

「本当にお疲れさま、リーねぇ」

ボディーソープやシャンプー、そして梨奈本人の甘い体臭が一気に鼻腔に襲いかかってきた。腰がぶるりと震え、ペニスがその体積を急速に増していく。そのため、勃起が姉に当たらないよう、裕一の腰が不自然に引かれていた。

「うん、お疲れ。裕くんにもいろいろと気を遣わせちゃって、ごめんね」

「そんなことないよ。矢面に立ったリーねぇや里美お姉さんに比べれば、僕なんてなにもしてないもん。授業を受けながらソワソワしていただけで」

多くの国民に認知され、全国ニュースになる超有名人と無名の一般人。改めて口にすると、自分の存在感のなさを痛感し胸が痛くなる。

「そうだよね、会見していた時間は学校だよね」

「うん、帰ってきてから、ニュースで見ただけだからダイジェストだったよ。こんなことなら、ワイドショー、なにか録画予約してから学校へ行けばよかった」

「その必要はないでしょう。お姉ちゃんが出てきてくれてからは、けっこうグダグダになってたし。その前から、記者の人たちのヤル気がなくなってたけどね」

目に見えて勢いを失っていった記者の様子を思い出したのか、梨奈が苦笑した。

「双子の弟との写真じゃ、ニュース性はゼロだもんね」

「私に双子の弟がいたことはニュースかもしれないけど、二人で出かけていた写真にはないわね。それも『熱愛スクープ』っていう大誤報じゃ、格好もつかないでしょう」

梨奈の顔に笑みが浮かぶ。その愛らしさに、またしてもキュンッとしてしまう。

（里美お姉さんみたいに、魂が抜かれそうな感覚にはならないけど、リーねぇの笑顔もやっぱりとっても素敵だよなあ。この笑みをずっと独り占めできれば……）

「弟とのベッド写真だったら、とんでもないことになってたね」

「バカ、そんなのが表に出ちゃったら、日本にいられなくなっちゃうじゃない。それにママやお姉ちゃんにもとんでもない迷惑を掛けることになるんだから、絶対ダメ」

それまでになく真剣な表情となった梨奈が、はっきりと拒絶の言葉を放ってきた。

「わかってる。それにそんな写真は撮らないよ。僕の頭だけに記憶保存するから」

裕一の右手にさらなる力がこもり強く抱きしめられた直後、太腿に硬い物体が押しつけられた。ハッとなり弟に視線を向けた矢先、今度は唇を奪われてしまった。

「ゆ、裕くん。そういうことはしないって言ったよ。ダメよ、そんな硬くしたの押しつけないで」

「ごめん、リーねぇ。でも、僕、リーねぇとあの日のリベンジをしたいんだ」

ビクッと身体を震わせ弟をたしなめようとした梨奈に、裕一がまっすぐな言葉をぶつけてきた。そのストレートな物言いに、女子高生の胸がドキッとさせられる。

「なっ、なに言ってるのよ。そんなのダメに決まってるでしょう。この前、失敗したのだってきっと姉弟だから」

処女喪失を覚悟した矢先の失敗。あのときの苦い記憶が自然と思い出される。

(けっきょく失敗してよかったのか悪かったのか、いまだに判断できてないのよね)

血の繋がった姉弟で肉体関係を持つ過《あやま》ちを回避したことは、世間的には〝吉〟であろうが、たとえ血の繋がった弟であっても、裕一になら処女を捧げてもいいと思った気持ちは間違いなく本物であった。それを考えると、初体験失敗は挫折でしかない。

「うん、姉弟でなんて許されないのは確かだと思う。本来なら、そんな過ち絶対に犯してはいけないってわかってる。でも僕は、リーねぇの初めてがほしいんだ」

かすかに上気した顔を向けてくる裕一が、背中にまわしていた右手を前方に移動させてきた。そしてパジャマの上から、梨奈の左乳房をそっと揉みあげてきたのだ。

「あんッ、ゆ、裕、くぅン……」

その瞬間、梨奈の腰が震え、鼻に掛かった甘いうめきがこぼれ落ちた。

「リーねぇのオッパイ、気持ちいいよ。このFカップ、僕だけのモノにしたいんだ」

弾力ある膨らみが捏ねられると、それだけで背筋に愉悦のさざなみが走り、下腹部がモヤモヤとしてきてしまう。

(なんか今日の裕くん、すごく積極的なんだけど、なにかあったのかな?)

「そ、そんなこと言っちゃ、ダメだよ。私たち、姉弟なんだから」

「もしかして、このオッパイ、もうほかの誰かに……」

裕一の視線が悲しげに揺れ動く。積極的な態度とは裏腹な不安そうな表情。そのギャップに思わずクスッとしてしまった。

「そんなワケないでしょう。私にそんな時間的な余裕がないこと、裕くんも知ってるでしょう。私の胸を揉んだことあるのは裕くんだッ、はンッ！　そこ、ダメ……」

パジャマ越しに弟の指先が小粒な乳首を捉え、挟みつけてきた。その瞬間、キンッと脳天に強い快感が突き抜け、下腹部の疼きがいっそう激しくなった。覚悟を決めながらも訪れなかった破瓜《はか》の瞬間。そのやり直しを求めるように、固く閉じ合わさった秘唇の奥では無垢な膣襞がざわめき、スリット表面に蜜液を滲ませはじめる。

「コリッてしてるよ。リーねぇの乳首……。ねぇ、パジャマ、脱がせてもいい？　僕、リーねぇの身体、ナマで触りたいよ」

「そ、それは……」

弟の願いに、戸惑いの声が漏れてしまう。

(裕くんに胸、触られて、こんなに感じちゃうなんて。この前はその場の勢いみたいなものもあったけど、今日もし許しちゃったら、それは私の「意思」だよね)

高校二年生。学校の友人の中には経験者が出はじめ、取り残されてしまう恐怖を感じることもある。しかし、アイドル活動をしている限り恋愛は御法度《ごはっと》。こみあげるオンナの欲望は現状、自慰で満たすしかなかった。

(でも、それを弟に求めるのは……。近親相姦なんて絶対に許されない。でも、その場の勢いがあったとはいえ、この前は……。裕くんのことはもちろん嫌いじゃない。信用もしてる。たぶんいま私が一番信頼できて、そばにいて安心できる男性は……)

ウットリと左乳房を揉み、乳首を摘まんでくる裕一に上気した顔を向けた。

「リーねぇ、お願い」

裕一がかすれた声で囁くと、腰を小さく揺すってきた。太腿に当たっている勃起の存在を改めて意識させられる。初めて目にした屹立した男性器。そして、その先端から放たれた白濁液のヌチョリとした感触と濃厚な香り。それが脳内に甦《よみがえ》ってくる。

(あんッ、あそこのムズムズがいっそう……。これって、欲しがってるの？　私のあそこが裕くんの硬いの、求めちゃってるってこと？)

「そんなこすりつけて、出ちゃっても知らないからね。そこからやり直すつもり」

「えっ？　そ、それって、リーねぇ……」

裕一がハッとした顔を向けてきた。息が触れ合う近さのため、弟の荒くなった呼吸が直接届いてくる。

（これはもう、そうなる運命ってことよね。ママが帰らないのを知っていて、裕くんの部屋に来てギュッとしてほしいって求めた時点で、もう覚悟はできていたんだわ）

世間体だなんだと小難しいことを考えても答えなど出ない。いまこのときの自分の気持ちがすべてだ。そう思えたとき、梨奈の身体と心がすっと軽くなった。

「姉としては、我がままだけど可愛い弟のお願いは、聞いてあげてもいいかなって」

冗談めかしながら、梨奈は上体を起こした。すると裕一も起きあがってくる。

「一回ベッドから出て裸になって。私も、そうするから」

緊張感を漂わせている弟の唇に、今度は梨奈のほうからチュッとキスをすると、艶めいた微笑みで頷いた。すると慌てたように少年がベッドからおり、パジャマを脱ぎはじめる。梨奈もベッドから抜け出すと、パジャマの前ボタンに手を掛けた。

ボタンを外しパジャマの上衣を脱ぎ落とすと、お椀形の美乳がぷるんっと弾むようにあらわとなった。形よく盛りあがった豊かな膨らみ。その頂上ではピンク色の小粒な乳首がすでに球状に硬化してしまっている。

「久しぶりのリーねぇのオッパイ。やっぱりとっても綺麗で大きくて、素敵だよ」

「ゆ、裕くんのそこも、逞しくって、素敵よ」

ウットリとした裕一の言葉に頬を染めながら、梨奈は視線を弟の股間へと下ろしていた。早々にパジャマを脱ぎ捨て全裸となった少年の下腹部には、裏筋を見せつけるペニスが誇らしげにそそり立っていた。裕一の興奮もそうとうなものなのか、亀頭は漏れ出た先走りでうっすらと光沢を放ち、女子高生のオンナを刺激する牡臭がほのかに鼻腔粘膜をくすぐってくる。

勃起を目にしたとたん、子宮にはズンッと鈍痛が襲い、まだ見ぬオトコを求めて膣襞が蠕動《ぜんどう》を繰り返し、ショーツにたっぷりと甘蜜を滴らせてしまった。

(今回はちゃんと受け入れてあげられるかしら。またこの前みたいなことになったら、裕くんばかりか私もショックでエッチに対する意欲、失っちゃうよ)

切なそうに腰をくねらせる梨奈の頭には、連続失敗への危惧が湧きあがった。

「り、リーねぇ、下も脱いで、見せて」

「え、ええ、もちろんよ」

かすれた声で求めてくる弟に頷き返し、梨奈はまずパジャマのズボンを脱ぎおろした。下からあらわれたのは、シンプルなサックスブルーのショーツ。芸能活動をしているとはいえ、素顔は高校二年生の少女。普通に学校に通い授業を受けていることもあり、あまり大人びた下着は身に着けないようにしていた。

「ほんとに綺麗だ……」

「裕くん、この前も同じようなこと、言ってたよ。あんッ、ちょっと、やめて、そんなこすってる姿、見せないでよ」

陶然とした眼差しの裕一の言葉にクスッとしてしまった。が、直後、弟が右手で強《こわ》張《ば》りを握りしごきはじめたことには、思わず赤面してしまう。

「あっ、ごめん、つい……。でも、同じことを言うのは仕方ないよ。だって、リーねえは本当に綺麗でスタイルも抜群だもん。とても同い年とは思えないくらいだよ」

無意識の行動だったのか、少年はハッとしたように強張りから手を離した。しかし、ウットリとした視線が姉の身体から離れることはなく、愛らしくも美しい顔から華奢な肩、お椀形の美巨乳、深く括れた腰回り、ショーツに守られた股間、そして適度に筋肉のついたスラリとした脚を目まぐるしく舐めまわしてきている。

「うふっ、ありがとう」

賞賛の声は聞き飽きていた。しかし、裕一の言葉はおべっかではなく本心だとわかるだけに悪い気はしない。梨奈は小さく息を整え、サックスブルーのショーツに指を引っかけると、ヒップを左右に振りつつ薄布を脱ぎおろした。楕円形の陰毛がふんわりとあらわとなった直後、クロッチが秘唇から離れた。チュッと蜜音が鼓膜を震わせ、溢れ出した淫蜜でスリットが濡れている状態であることを自覚させられる。

「ほんとにすっごい……。ゴクッ、リーねぇの、村松梨奈の全裸が目の前に……」

「そんなジロジロ見ないで、ほんとにすごく恥ずかしいんだから」

裕一の熱い眼差しに子宮が震え、未開の女穴から新たな蜜液を湧出《ゆうしゅつ》させていく。

「悪いと思うけど、でも、本当に綺麗なんだもん。あの、また舐めてもいい？」

「えっ？　う、うん。でも裕くんは大丈夫なの。裕くんも出しておいたほうが……」

「僕は、大丈夫だよ。お、お風呂に入る前に一度、出していたんだ。まさか、こんなことになるとは思ってなかったから」

「そ、そうなんだ。まあ、そうよね。普通は姉弟でこんなこと、しないもんね」

恥ずかしそうに目を伏せた少年に、梨奈も少しギクシャクした返しをした。

「じゃあ、あの、ベッドのところに座って、脚、開いてもらっても、いい？」

「う、うん」

気を取り直すように言ってきた裕一に頷き返し、梨奈はマットレスに浅く腰掛け両足を開いた。すぐさま裕一が姉の脚の間に身体を入れ、しゃがみこんでくる。

弟の両手が内腿に這わされ、グイッとさらに左右に圧《お》し拡げられた。濡れた秘唇の開陳具合が大きくなり、閉じ合わさっているスリットからクチュッと蜜音が起こる。

「あっ、ゆ、裕くん、ダメ、そんな拡げられたら、恥ずかしいよ」

「はぁ、綺麗だ……。リーねぇのここ、ほんとに、ゴクッ、信じられないくらい綺麗だよ。またこんなチャンスをもらえるなんて、ほんと感謝してるよ」

「あんッ、わかったから、そんな顔近づけないで。息が掛かって、くすぐったいわ」

裕一の息が潤んだスリットに吹きかかると、女子高生のヒップがモゾモゾとした。同時に、弟に晒すべきでない箇所を凝視されている現実に腰が震えてしまう。

「ごめん。じゃあ、あの、また、舐めさせてもらうね」

熱い吐息が再度淫裂を撫であげた直後、舌先が蜜液を舐め取ってくる。その瞬間、痺れるような愉悦が背筋を駆けあがり、女子高生の顎がクンッと上を向いた。

「はンッ、ゆ、裕、くンッ……はぅ、あッ、あぁ……」

ヂュッ、チュパッ、クチュッ、チュチュ……。固く口を閉ざした処女の秘孔をほぐすように、舌先が細かくバイブレーションしていた。腰が小刻みに跳ねあがり、初めての刺激を求める膣襞が肉洞内で妖しく蠢き、弟の唇に淫蜜を押し出していく。

「はぅン、舐められてる。また、裕くんに……。弟になんて絶対、ダメ、なのに……。ヒャンッ！　いや、裕くん、そこ、ダメぇぇぇぇ」

少年の髪に両手の指を絡めた梨奈は、双子の弟の愛撫を再び受け入れている現実に身震いした。次の瞬間、裕一の舌先が秘唇の合わせ目へと駆けあがり、かすかに包皮から頭を覗かせていた肉芽を捉えた。人気アイドルの唇から甲高い喘ぎが迸る。

（イヤ、ほんとにダメ。それ以上、そこを、クリトリスを刺激されたら私……）

以前ホテルの浴室でクンニをされたときも、弟の舌はクリトリスを捉えていた。

そのときも強烈な淫悦が全身を貫いていたが、今回もそれに負けない快感に脳が揺さぶられてしまう。

（経験ないのに、あそこ舐められただけでイッちゃいそうになるなんて、エッチな女の子みたいで恥ずかしい）

絶頂感が迫《せ》りあがり、腰が宙に放り出されるような感覚を味わいながら、梨奈は弟の髪をクシャクシャとすると、以前と同じように右足を裕一の股間へとのばした。天を衝く強張り、その裏筋部分を親指のつま先で撫でてあげてやる。

「ンパッ！　あぅ、あっ、あぁ……りッ、リーねぇ……」

ビクンッと身体を震わせた裕一が慌てたように秘唇から唇を離した。その唇周辺は漏れ出した蜜液で濡れ光っており、それを見せつけられると女子高生の背徳感もいっそう強まり、ぶるりと腰が震えてしまった。

「ゆっ、裕、くん、お願い、お豆さんばかりペロペロしないで」

「ごめん、でも、リーねぇのエッチなおつゆ、先っぽ舐めると、甘いのがドバッていっぱい出てくるから、つい……。ゴクッ、いまのリーねぇの顔、すっごくエッチだ」

改めて姉の顔を見つめてきた弟の腰が、ぶるぶるっと震えたのがわかる。

「ば、バカなこと言わないの。恥ずかしいから、お姉ちゃんの顔見るの禁止」

いまさらながらの羞恥心に、梨奈は思わず両手で顔を覆ってしまった。すると、自身の頬が想像以上に熱を帯びているのがわかった。

「ええ、ヤダよ。リーねぇの綺麗な顔、ずっと見ていたいのに」

「もう、ほんとに変なことばっかり言うんだから。裕くんの顔だって真っ赤なんだからね。ねえ、それより私はもういつでも……。裕くんさえ大丈夫なら、その……」

さらに言い募ってくる弟に言い返しつつ、梨奈は潤んだ瞳で裕一を見つめた。

「そ、それは僕だって……。ほ、ほんとにいいんだね」

「ここまで来て、いまさらやめるなんて言わないわ。この前だって、覚悟はできてたんだから」

「それは言われると、ツラいんだけど……」

内心のドキドキを隠すように強気に放った言葉が、裕一の痛いところを突いてしまったらしく、弟の視線がさがっていく。

「ごめん、そういうつもりじゃないの。それに、今日の裕くんのそこは……」

萎える様子も見せず屹立しつづけるペニスを一瞥した女子高生は、再び足の親指でスーッと勃起を撫でつけた。

「ンはっ、それ、ちょっとヤバい……。リーねぇの初めてもらう前に出ちゃうよ」

「じゃあ、その、し、しよう、か……。優しくしてくれないと、ダメなんだからね」

ゾワッと腰を震わせた裕一が切なそうな眼差しで見あげてきた。それに対して、梨奈は破瓜の瞬間が近づいている現実に緊張を高めつつ、足の指による悪戯を中断した。そのままいったん立ちあがり、今度は弟のベッドにあおむけになっていく。

「り、リーねぇ……」

かすれ声の少年もベッドにあがると、梨奈の足もとに回りこんでくる。それを迎え入れるように、スラリとした両足の膝を立て、M字型に開いた。

「すごいね、裕くんの、お腹に張りついちゃいそうになってるよ」

(今回こそはもうすぐアレが私に……。やだ、ライブ前より心臓ドキドキしてるよ)

亀頭がパンパンに張りつめ、誇らしげにカリを張り出させているペニスを見つめ、梨奈の緊張がさらに高まった。それは、TDGメンバーとして数万人の観客の前に姿をあらわし、パフォーマンスをするよりもさらに大きかった。

「うん、自分でも信じられないくらいに硬くなってる。だから、今回はきっと……」

前回の失敗を経験しているからか、裕一の上ずった声からも緊張感が漂ってきている。それでも弟は右手で肉竿を握ると挿入しやすいよう押しさげ、亀頭先端を姉の秘唇へと向けてきた。そのままゆっくりとにじり寄ってくる。

「ゆ、裕くん、ほんとに優しくだよ。痛いのは覚悟しているけど、それでも……」

「わかってる。できる限り、優しくするから、安心して」

双子の姉に安心感を与えようとしたのだろう、裕一が大きく頷き、笑みを送ってきた。しかし、その顔は緊張で強張っていたため、笑みもどこか引き攣ったような感じになってしまっている。だが、それが逆に梨奈の心を軽くした。

(緊張しているのは私だけじゃない、裕くんも……。大丈夫、きっと上手くいく)

「うん、信じてるよ」

かすれた声で頷き返す。その直後、弟の膝が梨奈の裏腿に当たり、さらに大きく脚を開かせてきた。ヒップがマットレスから浮く感覚が襲い、濡れた秘唇が前方に、少年のペニスに向かって突き出される。直後、張りつめた亀頭がスリットと接触した。

「あんッ、わかるわ、裕くんの先っぽが、私のあそこに触ってきてる」

「すごい。リーねぇのオマ×コと僕のがキスしてるよ。もうすぐここにコレを……」

「そんなエッチな言葉使わないで。恥ずかしいよ。あんッ、う〜ン……」

弟の使った卑猥な四文字言葉に抗議の声をあげた直後、裕一が膣口を探るように肉槍を小さく上下に動かし、口を閉ざす女肉を撫であげてきた。スリットを襲う愉悦に腰が小さくくねり、甘いうめきが漏れ出てしまう。

「クッ、はぁ、これだけで、リーねぇのあそこにこすっているだけで、僕……。はぁ、絶対、まだ、出さない。リーねぇの膣中へ……」

絞り出すような声をあげた裕一が、必死に射精感を耐える表情でさらにペニスを動かす。クチュッ、突如、亀頭先端が淫裂の綻《ほころ》びを、蜜壺への入口を探り当てた。

「あんッ！　ゆっ、ゆう、くん……ゴクッ、はぁ、ハア、ハア、あぁ……」

（やだ、すごい心臓がドキドキしてる。もうすぐ裕くんの、男の人の硬くなったものがあそこに……。落ち着くのよ。裕くんを信じて、身を委ねればいいんだから）

呼吸が一気に荒くなっていた。もう間もなく、純潔が失われる。緊張で身体が強張りそうになるのを、梨奈は必死になだめすかしていく。

「りッ、リーねぇ、いい？　イクよ。痛かったら言ってね。す、すぐにやめるから」

「うん、わかった。いいよ、来て。裕くんが私の初めて、奪って」

緊張でかすれた声で語りかけてきた裕一に、梨奈は覚悟を決め頷き返した。

「じゃあ、イクよ」

真剣な表情で頷いた弟の腰が、グイッと突き出された。ンヂュッとくぐもった音を立て、亀頭が何人の侵入をも拒んできた肉洞に圧しいってくる。

「ンはっ！　あぅっ、あっ、あぁぁぁぁ、イッたぃ、あぁ、痛い、よぅ……」

体内でメリメリッという音が聞こえるようだった。一瞬、息が止まりそうな衝撃が全身を貫き、狭い膣道が張りつめた亀頭によって強引に圧し拡げられていく。

「くぁッ、き、キツ、ィ……大丈夫？　ツラすぎるようなら、ここまでで……」

「だ、大丈夫……ンくぅ、これくらいなら我慢できるから、そのまま一気に……」

眉間に皺を寄せながらも姉を気遣う言葉を掛けてくれる弟に、梨奈は苦しそうに顔をゆがめながらも頷き返した。

「わ、わかった。それじゃあ、根元まで、イクからね」

ふっと息をついた裕一がいったん腰にタメを作り、そして一気に圧しこんできた。

ブチッとなにかを突き破る音が体内に響き、逞しい肉槍が一瞬にして膣奥まで侵攻してくる。

「ンがッ！　はぅ、あっ、あぁぁぁぁぁぁぁっァァァァッ！」

（痛い！　異物感もすごくて、全然、気持ちよくない。これだったら、さっきみたいに舐めてもらっているほうがよほど……）

肉体が真っ二つに引き裂かれるような感覚。想像を絶する痛みに一筋の涙が耳のほうへと流れ落ちていく。身体が海老反りになり、小刻みな痙攣に見まわれた。

「ンはぁ、は、挿った。僕のが全部、リーねぇの膣中に……。はぁ、すっごいキツキツで、僕のが押し潰されちゃいそうだよ。ねえ、リーねぇ、本当に大丈夫？」

「あまり大丈夫じゃないけど、たぶん慣れると思う。だから、しばらく動かないで」

切なそうに顔がゆがめた裕一が、かすれた声で尋ねてきたのに対し、梨奈は正直に首を左右に振った。

「わかった。僕もリーねぇのヒダヒダで雁字搦《がんじがら》めにされちゃってる感じで、くッ、気持ちよすぎて動いたらすぐに……。このままでいられるなら、願ってもないよ」

「えっ？　気持ちいいの？」

自分は痛みばかりが先行し、まったく気持ちよくなどないのに、弟が愉悦を覚えているらしいことに、梨奈は驚きの表情を浮かべた。

「うん、リーねぇの膣中、すっごくキツいんだけど、細かいヒダヒダが僕のに絡みついてきていて、このままの状態でも出ちゃいそうなくらい、気持ちいいよ」

美しい顔に苦痛の色を浮かべる双子の姉に、裕一は正直な思いを告白した。実際、梨奈の蜜壺内では複雑に入り組んだ膣襞が強張りにまとわりつき、妖しくこすりあげてきていた。

「そうなんだ。それならよかったわ」

「もしかしてリーねぇは痛いだけで、全然、気持ちよくなれてないの？」

「うん、慣れてくれば、痛みも引いてくると思うから、そうすれば……。でも、いまはまだ。だから、もう少しだけ、このままで我慢して」

申し訳なさそうに言ってくる梨奈に、キュンッと胸が締めつけられると同時に、双子の姉に対する愛おしさが募ってきた。

「いくらでも待つよ。だって、その間ずっとリーねぇと繋がっていられるんだもん」

「もう、裕くんったら」

女子高生の頬がふっと緩んだのがわかり、裕一も自然と微笑みを浮かべていた。

（とはいえ、挿れているだけでも、ヒダヒダで刺激されているから僕だっていつまで保《も》つか……。あぁ、リーねぇの膣中、ほんとに狭くてキツい。里美お姉さんの膣中もけっこうキツキツでウネウネだったけど、もしかしたらリーねぇはそれ以上かも）

初体験の相手をしてくれた美人女優の姉、里美の肉洞も充分すぎるほどに締めつけが強く、清楚な見た目を裏切るような柔襞のうねりを見せつけてきたが、双子姉の蜜壺はそれとまったく遜色ないどころか、さらに強烈なのではないかとさえ思える。

(狭くてキツいのは初めてだからっていうのもあるかもしれないけど、膣中のエッチなうねり具合は……。僕、本当にリーねぇの、人気アイドル・村松梨奈の初めて、奪ったんだ。何万、何十万っていうファンがいる美少女アイドルの処女を僕が……)

芸能関係に疎《うと》く一部の有名人しか知らなかった自分が、名の通った美人女優やアイドルを姉に持ち、誰もが羨む肉体で欲望を満たしてもらえる優越。改めてそのことを意識すると、妖しく腰が震え、肉槍も連動して蜜壺内で跳ねあがってしまう。

「あんッ、裕くんのが私の膣中でさらに……。そんな大きくされたら、私のあそこ裂けちゃう」

「ごめん、でも、リーねぇの膣中、本当に気持ちいいから……。ねえ、腰は動かさないから、オッパイ、触ってもいい?」

「う、うん、いいよ。でも、オッパイも優しく揉んでね。痛いのはやだから」

「もちろんだよ」

裕一はペニスを根元まで肉洞に埋めたまま、ゆっくりと上半身を倒した。左手を姉の顔の横につき、切なそうなトップアイドルの美顔を見つめながら右手をお椀形の膨らみに重ねる。弾力が強く、手のひらからこぼれ落ちるほど豊かな乳肉をやんわりと捏ねあげていった。

「あんッ、裕、くん……」

「くはっ、締まる……。オッパイ触っただけで、リーねぇのさらに締まってきてる」

肉房をひと揉みしただけで姉の蜜壷がキュンッと締まり、絡みつく柔襞でペニスがググッと絞りあげられた。その蠕動だけで、射精感が迫りあがってくるのがわかる。

「だって、胸、触られると、ちょっと気持ちいいんだもん」

「もっと、もっと気持ちよくなってよ」

射精衝動に抗う裕一は、右手で優しく左乳房を揉みつつ上体をさらに倒した。美少女の甘い体臭が一気に鼻腔を突き抜けていく。

「裕くん、なにするつもッ、はンッ! そ、そんな、あうっ、あぁ～ン……」

梨奈の訝しげな声が、途中で喘ぎへと変わった。裕一が右乳房の頂上に鎮座する小粒な乳首を唇に挟みこんだのだ。

弾力の強い乳肉に鼻の頭が密着し、美少女の香りが肺腑を満たしてくる。その匂いに恍惚となりつつ、球状に硬化していたピンクのポッチを吸いあげた。すると、姉の腰が小刻みに跳ねあがり、肉洞がさらにキュンキュンッと反応してきた。

「チュッ、チュパッ……。ンはぁ、リーねぇのオッパイ、甘くて美味しいよ」

「はぁン、赤ちゃんじゃないんだからそんなところ吸わない、でッ！　あンッ……」

いったん乳首を解放し上目遣いで姉を見ると、それまで苦痛の色が濃かった美少女の瞳がトロンッとしてきていた。それに気をよくした裕一は、右手で左乳房を揉みあげつつ再び右の乳頭にしゃぶりついた。

「あぁん、裕くん、ダメ、だよ。そんなことされたら、私……」

梨奈の腰が妖しくくねりだした。挿入を果たしたままの状態のペニスに、入り組んだ膣襞がさらに襲いかかってくる。

「くッ、あぁ、リーねぇ、すっごいよ。リーねぇの膣中、さらにエッチに……。少し動かしてみても、いい？　痛かったらすぐ、やめるから」

突きあがってくる射精感に耐えつつ、裕一は蕩けだした姉の顔を見つめた。

「う、うん、でも、ゆっくり、だからね。いきなり強くしたら、許さないんだから」

「わかってるよ。大好きなリーねぇが嫌がることはしないよ」

「あぁ、裕くん……」

愉悦に霞《かす》む瞳を見つめ、可憐な唇にキスをし、ゆっくりと腰を動かしはじめた。

「うはッ、あぁ、す、すっごい……。これ、とんでもなく、気持ちいいよ」

ヂュッ、グヂュッと粘つく蜜音を立てながら、いきり立つペニスが狭い膣道を往復していく。すると柔襞がより活発に反応しはじめ、肉竿も亀頭もすべてが嬲りまわされた。キンッと脳天を突き抜けていく強烈な快感に、裕一は目を剝いた。

(はぁ、これはほんとにヤバイ。射精、ずっと我慢してるから、こんな強い刺激を受けていたらすぐに……。やっぱり一回、挿れる前に抜いておくべきだったかな)

処女の膣襞が繰り出す卑猥で激しい蠕動《ぜんどう》に、煮えたぎったマグマが噴火の瞬間を待ち侘びるように、とぐろを巻きながら急上昇してきているのがわかる。

「あぁん、イヤッ、なにこれ、あんッ、おかしく、なっちゃう」

「ごめん、強すぎた？」

射精のコントロールに意識が向かっていた裕一は、喘ぎ混じりの女子高生の声で一気に現実に引き戻された。

「ううん、違うの。裕くんの硬いので、膣中、ズリズリされると鈍い痛みといっしょに、経験したことのない感覚が身体の奥からこみあげてきて、なんか怖いの」

美少女が首を左右に振ってくる。その目は初めて味わうオンナの悦びにどこか不安そうでもあり、その儚げな様子に裕一の胸がまたしても締めつけられた。

「大丈夫だよ、リーねぇ。僕がいるから。僕がリーねぇのことずっと守るから、だから安心して気持ちよくなって」

甘い吐息を漏らす唇を再び奪った裕一は、淫靡に潤んだ姉の瞳をまっすぐに見つめ腰を振りつづけた。ヂュチョッ、グチョッと卑猥な相姦音を立て、いきり立つ肉槍で絡みついてくる柔襞をしごきあげていく。

「あんッ、裕くん、変なの。勝手に腰、浮いちゃいそう……。あぁん、裕くン……」

梨奈の両手が裕一の首筋に回され、ギュッと抱きしめてきた。左胸に被せていた右手もマットレスにつく。その状態で引き寄せられるままに上半身を密着させていった。お椀形の美巨乳が胸板で潰れていく感触がありありと伝わってくる。

「いいよ、浮かせて。気持ちよさに身体、委《ゆだ》ねて。あぁ、すっごいよ、リーねぇ、こうして腰を動かして、こすりあげていくと、エッチなヒダヒダがさらに強くまとわりついてきて、僕も、もうすぐ……。あぁ、出ちゃいそうだよ」

「あんッ、裕くん、はぅン、あぁ、少し強いよ。あぁ、うンッ、はぁ、すっごい……。膣中が、思いきりこすられて、私、わたし……」

ビクッ、ビクッと梨奈の細腰が断続的に跳ねあがった。それにつられるように蜜壺がさらに締まりを強め、入り組んだ膣襞が四方八方からペニスを嬲りまわしてくる。

「僕、本当にもう……あぁ、出ちゃうよ。ねえ、このまま膣中に出して、いい」

律動を速め、より強く硬直を女子高生の若襞にこすりつけながら、裕一は膣内射精の許可を求めた。強張りには小刻みな痙攣が襲いかかり、亀頭がキツい拘束に抗《あらが》うようにググッと膨張、膣襞を圧しやっていく。

「えっ、嘘でしょう？　さらに、大きくなんて……」

「はぁ、リーねぇ、出すよ、このまま膣奥に」

「あっ！　だ、ダメよ、膣中は！　外に、ちゃんと抜いて外に出して」

改めての言葉にハッとした表情となった梨奈が、裕一の首に回していた両手をほどくと、弟の肩を押しやるようにして激しく首を左右に振ってきた。

「ダメなの？　僕、このままリーねぇの膣奥に……。このキュンキュンしてるオマ×コの一番奥に、射精したいよ。リーねぇの膣中に初めて出す男になりたい」

(里美お姉さんは、膣奥に出すの、許してくれたのに……)

美人女優の姉は処女でこそなかったが、初めてのナマ性交と中出しを与えてくれたのだ。その経験から、梨奈も許してくれると思っていただけに、落胆の思いが湧きあがってくる。

「あぁん、裕くん、それだけは許して。今日はダメなの、膣中に出されたら、赤ちゃん、できちゃうかもしれないの。だから、ねッ。今度、大丈夫な日に……。私の膣奥に出す、最初の男に裕くんをしてあげるから、今日だけは……」

「あぁ、リーねぇ、約束、だよ」

今日限りではなく今後も禁断の関係をつづけてくれそうな姉の言葉に、ぶるりと腰を震わせた裕一は奥歯を噛むと、射精寸前のペニスをキツい肉洞から引き抜いた。

「あんッ、裕くん」

その瞬間、姉の口から甘いうめきがこぼれ落ち、切なそうに美顔がゆがんだ。

「出すよ、リーねぇ。リーねぇのオッパイに出させてもらうからね」

限界まで膨張しきった肉槍は、ネットリとした粘液まみれであった。その粘液には赤いものも混ざっている。間違いなく梨奈が処女を捧げてくれた証《あかし》。破瓜の血だ。

血液混じりの淫液で濡れる肉竿を握った裕一は梨奈の腰をまたぎ、赤黒く膨張した亀頭を美少女の豊乳に向け、数度しごきあげた。ビクンッと鋭い震えが腰を襲う。刹那、ドピュッ、ズビュッと白濁液が迸り、美しい姉の乳房が白く汚されていった。

「あんッ、裕くんの白いのが私の胸に……。す、すごい、こんなにいっぱい……」

「はぁ、出るよ、まだ。僕、ずっと我慢してたから、くッ、あぁ……」

「いいよ、出して。裕くんの熱いの、私の胸に全部出して、スッキリして」

愉悦に蕩けたオンナの顔を晒す美少女の美しい身体に向かって、裕一はさらに強張りをしごき、欲望のエキスを絞り出していった。

「はぁ、ハア、気持ちよかったよ。でも、ごめん、最後のほう強くしすぎちゃって」

十回近い脈動ののちようやくペニスがおとなしくなる。裕一は荒い息を繰り返し、またいでいた姉の腰から立ちあがると、シングルベッドの縁に座り直した。そして改めて、横たわっている梨奈に視線を向けた。すると、美少女の顔はうっすらと汗を滲ませ、裕一と同じように荒い呼吸を繰り返している。

「ううん、大丈夫。ごめんね、膣中に出させてあげられなくて」

「そんなことないよ。リーねぇの、トップアイドル・村松梨奈の初めてをもらえたなんて、それだけでどれだけ感謝してもしたりないくらいだよ」

「もう、大袈裟なんだから」

快感の余韻を引きずるようなゾクッとする色気を放つ瞳をこちらに向けた梨奈に、裕一は首を大きく左右に振った。すると、姉の顔に優しい笑みが浮かんでくる。

「ねえ、リーねぇ、大丈夫？　あそこ、まだ、痛い？」

「痛くはないけど、まだ少しジンジンした感じがあるのと、膣中になにかが入っているような違和感がすごい。あっ！　ごめん、シーツ、汚しちゃったね」

おっくうそうに上体を起こした女子高生が己の股間に視線を向け、ハッとした声をあげた。つられてそちらに視線を向けると、確かに白いボックスシーツには赤いシミがついていた。裕一の強張りが肉洞を往復し、引き抜いた際に流れ出た破瓜の血。それを目の当たりにすると、美少女の処女を奪ったのだという思いが新たになる。

「あぁ、リーねぇ……」

再びベッドにあがった裕一は姉をギュッと抱きしめた。肌の温もりと感触、そして鼻腔を襲う艶めかしい香りに、淫茎が再び鎌首をもたげはじめる。

「あんッ、裕くん？」

弟の突然の行為に、梨奈の口からは戸惑いがあがった。

「僕なんかに大切な初めてをくれて、本当にありがとう。絶対、リーねぇを幸せにするからね」

「双子の弟にプロポーズされても嬉しくないんですけど？」

「あっ、いや、うん……。まあ、そうかも、しれないけど……」

思わず口をついた言葉を茶化され、裕一の顔面が一気に熱くなった。抱きしめていた梨奈の身体を離し、バツが悪そうにぺこりと頭をさげた。

「ふふっ、でも、気持ちはありがたくもらっておくわ。ありがとう」

クスッと微笑んだ姉が、チュッとキスをしてきた。

「リーねぇ、ほんとに好きだよ」

囁くように言った裕一は、今度は自分から梨奈の唇を奪うと、右手を女子高生の左乳房に這わせた。先ほど出した精液が指先にまとわりついてくるのもかまわず、膨らみを優しく揉みこみつつ、美しい姉をベッドへと押し倒していった。

「あんッ、裕くん。ダメ、まだ、私のあそこ、ジンジンしてるから」

「嫌がることは絶対にしないよ。ただ、もっと、リーねぇに触れていたいんだ」

ついばむような口づけを繰り返し、右手の指先で小粒の乳首を摘まみあげた。コリッと芯が通った感触が、はっきりと伝わってくる。

「はンッ！　裕、くん……」

ビクッと腰を跳ねさせた女子高生の口から、甘いうめきがこぼれ落ちた。直後、梨奈の右手が臨戦態勢を取り戻したペニスをギュッと握り締めてくる。

「くはッ！　リッ、リーねぇ……」

「あんなにいっぱい出したのに、またこんなにして、ほんといけない弟なんだから」

突然の刺激に目を剝いた裕一に、梨奈が悪戯っぽい目で返してきた。

「あぁ、リーねぇ……」

ウットリと呟いた裕一は淫茎をトップアイドルの手に委ねたまま、弾力豊かな膨らみを捏ねあげ、またしても姉の唇を奪っていくのであった。

第四章　緊急事態の絶頂痙攣

1

（はぁ、こんなふうに無為に時間をすごしていて、いいのだろうか……）

六月に入ったばかりの平日。時刻は午後八時すぎ。学校の宿題を終わらせ入浴もすませた裕一は、広いＬＤＫに置かれた革張りのカウチソファに身を委ね、大型テレビでクイズ番組をボーッと見ていた。九時から放送のドラマに里美が出演しているため、それを目当てにテレビを点《つ》けているのだが、いかんせんまだ時間が早すぎる。

（でもなぁ、部屋でネットやったり本を読んだりしてると、時間感覚わからなくなるからなぁ。まあ、録画しているからいいんだけど……。お母さんやリーねぇがいれば、話をして時間を潰せたのに、いまは僕一人だからなぁ……）

六月に入って警備体制を強化した専用劇場でのライブも再開され、忙しさがさらに増した梨奈はいまだ帰宅しておらず、日米欧を股に掛けた国際的なＭ＆Ａ案件に携《たずさ》わっているらしい母は、今日からまたしても海外出張に行ってしまったため、現在、六本木の高級マンションでは裕一が一人、留守番をしている状態であった。

（けっきょくリーねぇとのエッチはあの一回きりになっちゃってるし、里美お姉さんは会ってもそんなそぶり見せてくれないし……。はぁ、ちゃんと彼女を作って恋愛しないとダメだよなぁ。じゃないと、本当にシスコンになっちゃいそうだよ）

街中で綺麗な女性を見かけても、無意識に二人の姉と比較していることに気づき、何度もハッとさせられた。以前ネットで散見された、「美人の定義バグりそう」や「姉ちゃんが美人すぎてカノジョのできない負け組」という意見が正解な状況なのだ。

名の通った美女二人を姉に持っているからといって、自分が優秀になるわけでも、急にイケメンになるわけでもない。相も変わらずどこにでもいる普通の高校生だ。その自覚はあるのだが、綺麗な女性を見てはつい姉と比べ、「お姉ちゃんたちのほうが美人だな」などと身のほど知らずなことを思ってしまうのだからタチが悪い。

（今夜からしばらくはリーねぇと二人きりですごせるけど、最近の多忙ぶりを知っち

やってると、エッチなおねだりなんかできないよな)

劇場ライブ、新曲のレコーディング、夏の全国ツアーに向けてのリハーサル、歌番組への出演、トーク番組の収録、週に一度のラジオパーソナリティ、雑誌のインタビュー取材やCM撮影、さらにはイベント参加などなど、高校に通いながらこれだけの仕事をこなしているのだ。セックスのおねだりなど、言語道断な行いでしかない。

(今夜も寝る前に、リーねぇの水着グラビアを見ながら一人エッチだな)

裕一がそんなことを思った直後、玄関方向からなにやら音が聞こえ、しばらくして廊下から繋がるリビングの扉が開けられた。

「ただいま、裕くん」

「お帰り、リーねぇ……えっ!?」

ドアに顔を向け双子姉の挨拶に答えた裕一は直後、ポカンッと口を開けてしまった。背もたれにだらしなく寄りかかっていた身体を起こし、美少女の後方を見つめる。

「はーい、裕。久しぶり」

「さ、里美、お姉さん……。ど、どうしたの?」

梨奈につづいてリビングにあらわれたのは、長姉の里美であった。予想外の女優姉の帰宅に、疑問の声が口をついてしまう。

「なによ、私が実家に戻ったらいけないわけ？　せっかく可愛い弟の顔を見に帰って来たっていうのに」

「全然、いけなくないです、はい。お帰りなさい、お姉ちゃん」

たぐいまれな美貌で甘く睨んでくる里美に、胸の奥をキュンッとさせられた裕一は慌てて首を振った。

「それなら、よろしい。ふふっ、なに、裕、もしかして今夜からママがいないから、『リーねぇと二人きりで夜がすごせる』とか思っちゃってたの？」

魂が抜かれそうな絶品スマイルを浮かべた女子大生が、からかうように言いつつ裕一の真横へとやってきた。ふわっと漂う甘い芳香に胸の奥がムズムズとしてしまう。里美のオーラは神々《こうごう》しいほどで、里美の周囲だけスポットライトが当たっているのではないかとすら思える。

「いや、そんなことは思ってないけど……」

姉たちが帰宅する直前に考えていたことだが、さすがに頷《うなず》くことはできない。

「そうよ。なんで裕くんが私と二人きりを望むのよ」

「別に私は裕が『望んでいる』とは言ってないでしょう。なに？　もしかしてあなたのほうが意識しちゃってるわけ、梨奈」

近寄ってきたトップアイドルの言葉に、人気女優が悪戯っぽい眼差しを向けた。

「なっ⁉　そっ、そんなワケないでしょう。まったく、バカじゃないの」

「イヤイヤ、私の通っている大学、それなりに頭いいんだけど。ちなみにお姉ちゃんの通っている法学部の偏差値は七十ですけど、なにか？」

「そんな話はしてない」

小首を傾《かし》げるように妹を見た姉に、美少女は頰を膨らませぷいっと横を向いてしまった。その梨奈の仕草も、胸を打つほどに可愛い。

（や、ヤバイ、やっぱりこんな綺麗で可愛いお姉ちゃん二人に囲まれてたら、彼女なんて夢のまた夢になっちゃうよ）

「そ、それはそうと、お姉ちゃん、ほんとに今日はどうしたの？　リーねぇといっしょに帰ってくるなんて、もしかして仕事、いっしょだったの？」

誰もが羨む美女が『美』の基準になると、普通に可愛く綺麗な女性では妥協した感覚になる危険を改めて感じつつ、意識を切り替えるように当初の疑問を口にした。

「そうよ。例の件で私たちが姉妹ってオープンになって、トーク番組なんかにいっしょにブッキングされることも多くなったのよ。裕の言うとおり、今日もそれ。で、その収録が今日のラストだったからこうしていっしょに戻ってきたの。ママがいないのも聞いてたしね。だけど、可愛い弟の顔を見たくなったっていうのも、本当よ」

里美の両手が裕一の顔にのび、ほっそりなめらかな指先で頬をギュッと挟みつけてきた。そのまままっすぐに見つめられにっこりと微笑まれると、ゾクゾクッと背筋に震えが走り、一気に耳まで赤くなってしまった。

「ちょっと、裕くん。なにお姉ちゃんに微笑まれてウットリしちゃってるのよ」

「あら、妬《や》いてるの？」

不機嫌そうな声をあげた梨奈に、里美が余裕ある態度でからかっていく。

「妬いてません。なんで私が実の姉と双子の弟のことで妬かなくちゃいけないのよ」

「はい、はい、そうね。……ねえ、裕、お風呂、入れるわよね」

女子高生の態度に微笑んだ女子大生は、裕一の顔から両手を離し問いかけてきた。

「えっ、あっ、う、うん、もちろん、入れるよ」

長姉の美貌に陶然としていた裕一は、ハッと我に返り慌てて頷き返した。

「じゃあ、梨奈、久しぶりにいっしょに入ろうか」

「はぁ？」

里美の突然の誘いに梨奈が怪訝そうな表情となる。

「ほら、着替えを取りにいくわよ。そうだ、どうせなら裕もいっしょに入る？」

「ごゆっくり」

「絶対にダメだからね、裕くん」

艶っぽい微笑みの姉への返答が一拍遅れた間に、美少女がＮＯを突きつけてくる。

「わ、わかってます。僕はもう入っているので、どうぞ、ごゆっくり」

裕一が顔を少し引き攣らせながら答えると、二人の姉は着替えを自室に取りに戻るべく再び玄関に通じる扉から出ていった。一人暮らしをしている里美も実家の部屋に服を残しているため、突然のお泊まりにもまったく困ることがなかったのだ。

(からかわれているだけってわかっていても、あんな綺麗なお姉さんに見つめられたらドキドキしちゃうよなぁ。血の繋がった姉なのに、ほんとマズいよ)

しばらくすると、着替えを手にした美姉妹が戻ってきた。

「じゃあ、裕。来たかったら、本当に入ってきていいからね」

里美がそう言いつつ、浴室へと繋がるもう一つの内廊下へと近づいていく。

「ダメだからね、裕くん。あっちの廊下に入ってくることも禁じます」

「それじゃあ、裕は自分の部屋にも戻れないじゃない」

「あっ、大丈夫だよ、お姉ちゃん。僕、テレビ、見てるから」

改めての梨奈の警告に文句を言ってくれた里美に裕一が答えると、長姉が優しい微笑みを返してくれた。それだけで頬がまた赤くなってしまう。その後、姉妹は揃ってつり下げ引き戸をとおって、浴室へと向かっていったのであった。

2

「裕くんさ、お姉ちゃんの色仕掛けに引っかかってないでしょうね」

「なに急に？　里美お姉さんが僕に色仕掛けする意味、なにもないと思うんだけど」

午後十時すぎ、裕一は双子の姉、梨奈の部屋にいた。風呂からあがった二人の姉とともに里美が出演している医療ドラマを視聴。ドラマ終了後、女子大生は明日の撮影に向けてセリフを覚えると言って自室に籠《こも》ってしまった。そのタイミングで女子高生に呼ばれたのだ。甘酸っぱい匂いが充満しているアイドル姉の部屋は女優姉の部屋の隣だけに、邪魔にならないよう会話の声は自然と抑え気味になっている。

「まあ、そうなんだけどねぇ……」

なにか気がかりなことでもあるのか、梨奈は煮えきらない態度を示しつつ、パジャマのズボンを脱いできた。スラリとした長い脚はもちろん、ピンクの薄布まで惜しげもなく晒される。その瞬間、淫茎が鎌首をもたげそうになった。

(直接的なエッチはなくても、こんな姿を見せてもらえるだけラッキーだよな)

「目つきがエッチだよ、裕くん」

「そ、そんなことは、ないです」

からかうように言ってきた梨奈に、慌てて視線を姉の股間から逸らす。すると、トップアイドルはクスッと微笑み、そのまま自分のベッドにうつぶせとなった。

これから裕一は女子高生の美脚をマッサージするのだ。きっかけは一週間ほど前。新曲の振りつけ練習がはじまり、いつも以上にハードなダンスで脚がパンパンになったという梨奈に、「マッサージでもしようか」と何気なく言ったのがはじまりである。本気にされるとは思っていなかったのだが、「じゃあ、お願い」と返され、そのときはリビングのソファに横になった姉の脚をパジャマズボン越しに揉んだのであった。

特段マッサージの心得があったわけではなかったが、思いのほか楽になったらしく、翌日からは梨奈の部屋で行うようになっていた。そして数日前からは、こうしてパジャマズボンを脱いでくれるようにもなっていたのだ。

（リーねぇはどういうつもりでズボン、脱いでくれてるんだろう。もちろん「マッサージがしやすいように」なんだろうけど、ショーツ越しのお尻を見せられているだけでもたまらない気分になっちゃうって、わかってないのかな？）

いきり立つペニスの位置を調整し裕一もベッドへあがると、姉の足裏をまたぐように膝をついた。両手をまずは右足首にのばし、両手の親指で半円を描くように、足首から膝裏に向かってリンパマッサージをほどこしていく。

「うんっ、あぁ……」

梨奈の口から漏れる甘い吐息。それだけで裕一の背筋にはさざなみが駆けあがり、ペニスが小刻みな胴震いに見まわれてしまう。

（あぁ、この場でしごけたら最高だろうな。いや、どうせならリーねぇに……。イヤイヤ、それはダメだ。リーねぇは疲れてるんだし、今日は里美お姉さんが……）

迫《せ》りあがるよこしまな思いを振り払い、マッサージをつづける。今度はくるぶし付近に両手を添えると、そのまま膝裏に向かってグーッと押しあげていった。

「裕くん、日に日に上手《じょうず》になってるよ」

「あ、ありがとう。そういえば、さっき里美お姉さんのこと言ってたけど、なに？」

梨奈の甘い言葉にまたしても性感を刺激された裕一は、両手を右足から左足へと移し、同じようにマッサージをはじめながら、話題を変えるように問いかけた。

「お風呂で急にお姉ちゃんが、『裕のことどう思ってるの？』って聞いてきたの」

「えっ⁉」

予想外の言葉に、思わず手の動きが止まってしまった。

「手が止まってるよ。私の生足をこんなふうに触れるの、裕くんだけなんだから」

「あっ、ごめん。リーねぇの肌に触れるのは、もちろんすっごく光栄なことだと思ってるよ。ファンの人からしたら、許しがたい行為なんだろうけど」

「それこそ、弟の特権でしょう」

「まあ、そうだね」

裕一は再び両手を姉の右足に戻し、今度は裏腿を揉みあげていった。適度に筋肉質な肌は、柔らかいのにしっかりとした弾力で指先を押し返してくる。揉みこむたびにふるふると腿肉が揺れ、連動して薄布に包まれた尻肉も小さく波打っていく。

(あぁ、たまらない。このままお尻にも触れればいいのに……。それか、これを太腿にこすりつけたら、メチャクチャ気持ちいいだろうなぁ)

勃起を女子高生のピチピチとした太腿にこすりつける場面を想像すると、それだけで強張りが跳ねあがり、先走りがさらに溢れ出していく。

「そ、それでリーねぇはなんて答えたの?」

「えっ? あぁ、お姉ちゃんの質問に対して?『頼りになる弟』って答えたわよ」

「そ、そう……」

当たり障《さわ》りのない答えに落胆の思いがこみあげてくる。

（僕はいったいなにを期待してるんだ。嫌われていないだけ、いいじゃないか）

左太腿へのマッサージを行いつつ、自分を納得させていく。

「なに？　不満？」

上体そらしのように上半身をあげた梨奈が、悪戯っぽい目を向けてきた。

「いや、別に不満はないけど……」

「今日はもういいわ、ありがとう。けど、なに？」

裕一が美少女の太腿から手を離し、またがっていた姉の横へと移動すると、梨奈は完全に身体を起こしベッドマットの上で見つめ合う体勢となった。トップアイドルが可愛らしく小首を傾げる。それは美人女優の微笑みにも負けない破壊力であった。

「いや、僕、リーねぇのこと、本当に好きだから……」

「それ、前も言ってくれたね。でも、私たち姉弟《きょうだい》だよ」

「もちろん、わかってるよ。っていうか、姉弟じゃなければ、僕がリーねぇや里美お姉さんと親しく口を利くなんてことは絶対なかっただろうから、姉弟だったことにはすっごく感謝してる。でも、それとは別に……」

まっすぐに見つめながら試すような言葉を口にした梨奈に、裕一は正直な気持ちを吐露《とろ》した。

（いくらエッチしたからって、姉弟以上の関係になれないのはわかってる。それにリーねぇとのエッチは、この前もそれ以前のホテルのときも、どっちもリーねぇの心の隙を突いたかたちで……。そう考えると、僕はずいぶんと卑怯なことしちゃったんだな）

梨奈の気持ちではなく自分の欲望を優先していたことに、心が沈みそうになる。

「なんでそんな悲しそうな顔、するの？」

「いや、別に悲しそうな顔なんて……」

双子の姉はそう言うと両手で裕一の顔を挟みつけてきた。それに対して、笑おうとしたのだが、どうしても頬が引き攣った感じになってしまう。

「私も裕くんのことは好きよ。あっ！　もちろん、弟としてじゃないよ。そうじゃなかったら、初めて、あげるわけないじゃない。本当に信用できて、安心できる相手だから私は……。でも、姉弟って事実は絶対に動かせないでしょう」

恥じらい含みの笑みを浮かべる梨奈に、胸がキュンッと震えてしまった。

「うん、それはわかってる。わかったうえで、それでも僕はリーねぇが……」

小さく喉を鳴らした裕一は自身の両手も美少女の顔にのばし、そのなめらかな頬を挟みつけた。お互いの顔を挟み合った状態で見つめ合い、どちらからともなく唇を近づけていく。梨奈の瞳が閉じられ、あとちょっとで粘膜同士が重なりそうになる。

刹那、コンコンッと扉がノックされた。一瞬にして現実に引き戻された二人が身体を離したのと、扉が開けられ長姉が姿をあらわしたのはほぼ同時であった。

「あ、あなたたち、二人でベッドにあがってなにしてるわけ？」

タブレット端末を手にやって来た里美が、眉をひそめ、見つめてくる。

「なっ、なにって、裕くんに脚のマッサージしてもらってただけよ。いろいろと忙しくって、疲れが取れにくくなってるから、最近は毎日してもらってるの」

素早く立ち直った梨奈が説明をした。言っていることは事実なのだが、どこか言い訳じみて聞こえてしまうのは、変な雰囲気になりかけた後ろめたさのせいだろう。

「ふ〜ん、そう。ねえ、裕、梨奈のマッサージが終わったら隣の部屋に来なさい」

「里美お姉さんの部屋に？」

予想外な言葉に、遅ればせながら立ち直った裕一は訝しげな表情となった。

「お姉ちゃんも毎日、撮影で疲れてるのよ。だから、ねッ」

「わっ、わかり、ました」

たぐいまれな美貌に蠱惑的な笑みを浮かべた里美に、背筋がゾクゾクッとすると同時に頬が緩み、ウットリとした眼差しを向けてしまった。

「それでお姉ちゃん、いったいなんの用よ」

梨奈が少し不機嫌そうな声を姉に向けた。愛おしい双子姉にジロッと睨まれ、裕一は慌てて頬を引き締めた。

「それなんだけど、来週いっしょになる収録があるでしょう。あれの衣装をどうするか、連絡が来たのよ。たぶん梨奈のところにも秋川さんから届いていると思うけど」

「えっ、ちょっと待って。あぁ、裕くん、今日はもういいわ、ありがとう」

姉の言葉で瞬時に仕事モードに入ったのか、梨奈はベッドから飛びおり、勉強机の上に置かれていたスマートホンを手に取った。

「うん、じゃあ、僕は、これで」

「裕、隣のお姉ちゃんの部屋で待っていてちょうだい」

「わかった」

ベッドから下りた裕一に、こちらも仕事モードの里美が隣室を指さした。それに対してこくりと頷くと、二人の姉の邪魔にならないよう女子高生の部屋をあとにした。

3

「あぁ、気持ちいい……」

「肩、けっこう凝ってるね」

女子高生の部屋の隣にある女子大生の部屋。生活のベースは一人暮らしのマンションに移っているものの、部屋にはベッドと小さなライティングデスク、壁掛けされたテレビに二人掛けのソファと、いろいろなものが残されていた。

裕一はソファに座る里美の後ろにまわり、その両肩を揉んでいたのだが、ガチガチに凝っており、指が入りづらい状態になっている。

「さっきいっしょに見たドラマもまだ最終話を撮り終えてないし、来年の冬に公開予定の映画の撮影が大詰めなのよ。今月中旬からは秋クールの新ドラマの撮影もはじまるし、夏からは正月特番のドラマ撮影もあるの。ほかにも雑誌のインタビューや写真撮影、番組のゲスト出演、CM撮りと、毎日バタバタで本当に疲れているのよ」

「た、大変、なんだね」

梨奈に引けをとらないハードスケジュール。聞いているだけで、疲れてきそうだ。

「そうよ。みんなが普段見ているテレビなんて、ほんと上澄みの綺麗な部分だけなんだから。その裏側はけっして華やかじゃないのよ」

「お姉ちゃんはさらに大学の授業もあるのに、ほんと毎日お疲れさま。もし、僕にできることがあったら、なんでも言ってね。たいして役に立てないだろうけど」

裕一は素直に労《いたわ》りの言葉をかけ、さらに気合いを入れて肩をほぐしにかかった。

「あぁん、いい……。もうちょっと強くしてくれても平気よ。……そう、それくらい。ほんとに裕は優しいわね。そんな可愛い弟には、なにかご褒美あげなくちゃね」

「お姉ちゃんやリーねぇの弟ってだけでメチャクチャ恵まれているから、それで充分だよ。これ以上望んだら、バチが当たるよ」

(それに、一度はエッチなことまでさせてもらえたんだから、恵まれすぎだよな)

セックスをしたい欲望はもちろんある。しかし、忙しい姉にそれを求める不誠実さもわかるだけに、こうして肌に触れさせてもらえる幸運に感謝すべきだろう。

「もしかして、梨奈との件でいろいろバレちゃった?」

一般人の弟を巻きこんだ気がかりがあるのか、心配そうな顔で振り返ってきた。

「僕からはなにも言ってないよ。桂木里美と村松梨奈が姉妹と判明したことで、『もしかして桂木の姉ちゃん?』って言ってきた奴はいたけど、美人のお姉ちゃんたちと僕じゃ似てないから、誰も本気にしてなかったよ。写真もモザイク掛かってたし、学ランなんて校章をアップにしない限り、どこの学校かわからないしね」

「それならいいけど、でも、それだと私たちの弟のメリット、なにもないじゃない」

「そんなことないよ。確かに誰にも自慢できないけど、テレビで見るだけだった存在の女優さんやアイドルと普通に会話ができて、さらに、こんなふうにマッサージまでさせてもらえてるんだもん。それも、仕事ではないプライベートな時間に」

長姉の懸念に裕一は大きく首を振って、いかに恵まれているかをアピールした。

「まあ、マッサージ以外のことも、させてあげたけどね」

「そ、その節は、あの、あ、ありがとう、ございました」

女子大生が蠱惑《こわく》の微笑みを送ってきた瞬間、背筋がゾクリとし、頬がカッと熱くなった。同時に美人女優との初体験が思い出され、ペニスが一気に屹立してしまった。

「うふっ、せっかくだから、肩こりの原因もマッサージしてもらおうかな？」

「原因？」

「そうよ。ほら、こっち」

そう言うと里美の両手がそれぞれの肩にのばされ、裕一の手首を摑んできた。そしてそのまま、ロングTシャツを盛りあげる膨らみへと導いてきたのだ。

「おっ、お姉ちゃん!?」

ずっしりとした量感をたたえた乳肉の感触に、裕一の声が裏返った。

(もしかしたらの期待はあったけど、まさか本当に……。ゴクッ、やっぱり里美お姉さんのオッパイ、とんでもなく大きい……)

驚きつつも牡の本能が自然とたわわな双乳を揉みあげていく。手のひらをいっぱい広げても余裕でこぼれ落ちる肉房。その弾力と柔らかさに陶然となってしまう。完全勃起の強張りがピク、ピクッと跳ねあがり、早くも射精感がこみあげてくる。

「あんッ、そうよ。お姉ちゃんのオッパイ、優しく揉みほぐしてちょうだい」

「あ、あの、すっごく嬉しいんだけど、でも、これって、マズいんじゃ……」

隣の部屋には梨奈がいるのだ。もしこんな場面を見られたらと思うと、気が気ではない。しかし、そんな思いとは裏腹に両手は女子大生の豊乳に吸いつき、その量感を堪能していく。

「ふふっ、そのわりにはいっこうにオッパイから手、離れないじゃないの。それに、いま私の胸を自由に揉める男って裕以外にはいないのよねぇ。もし、裕からマッサージを拒否されたらお姉ちゃん、週刊誌に撮られる覚悟で誰か別の男性に……」

「えっ！　そ、それは、ダメだよ」

「だって、しょうがないじゃない。唯一、私の、桂木里美のオッパイを自由に触れる男の子にフラれちゃったら、ほかの人を探すしかないでしょう。もし、変な男だったら、いかがわしい写真、ネットにバラ撒かれるリスクもあるけど、仕方ないわよね」

試すような眼差しで上目遣いに見つめてくる姉に、裕一の胸が掻きむしられた。

「そんなことは認められないよ。正統派美人女優、桂木里美のそんなスキャンダル、絶対に見たくない。そもそもお姉ちゃんのこのオッパイを、そんなワケのわからない男が触るなんて、絶対にイヤだ。僕がちゃんとマッサージするから、だから……」

裕一はそう言うと、双乳に這わせた両手にさらに力をこめ、豊かな膨らみを思いきり捏ねまわした。モニュッ、ムニュッとロングTシャツの下で乳肉が形を変える感触が、手のひらからありありと伝わり、鼻息が自然と荒くなっていく。

「あんッ、裕……うぅん、もう、ほんとに裕って、オッパイ好きね」

甘いうめきを漏らした里美が再び両手で裕一の手首を摑《つか》み、今度は強引に膨らみから引き離してきた。

「そ、そんな、お姉ちゃん……」

いまにも泣きそうな顔の弟に微笑みかけ、里美は立ちあがり裕一の横へ移動した。

「ねえ、裕。〝女優・桂木里美の秘密の相手〟になる気、ある？」

（私、弟に対してなに言ってるのかしら。でも、もし裕が相手をしてくれたら……）

どんなに仕事が忙しくとも、里美は健康的な二十歳の女性なのだ。当然、性欲だってある。女優という仕事している限り、普通の女子大生よりも恋愛が難しく、あと腐れのない一夜のアバンチュールも不可能だろう。そもそも、よくわからない相手に身体を開きたくなどない。すると、持て余した肉体は自ら慰めるしかなくなる。実際、ここ数年はずっとそうしてきた。しかし、ひと月前に弟を自宅マンションに泊め、その童貞を奪ってからというもの、指だけでは満足できなくなっていたのだ。

「ひ、秘密の相手って……」

「ふふっ、わかるでしょう？　裕のこれで、お姉ちゃんを気持ちよくしてほしいの」

ゴクッと生唾を飲んだ裕一に艶然と微笑みかけ、里美は右手を弟の股間へとのばした。パジャマズボンの上から淫茎をすっと撫であげる。

「うはッ、お、お姉ちゃん！」

「あんッ、裕のここ、もうこんなに硬くなってる。お姉ちゃんのオッパイを触ってこうなったの？　それとも、さっき梨奈とエッチなことしようとしてたからかな？」

ズボンの下で臨戦態勢を整えているペニスに、腰が妖しくくねった。子宮に鈍い疼きが走り、刺激を欲する柔襞が卑猥にうねりながら背徳の蜜液を滴らせていく。

「そ、そんな、僕、別にリーねぇとは……。た、ただ、脚のマッサージしてただけで、エッチなことは、くぉッ、くぅぅ、ダメ、そんな、こすりあげないで……」

切なそうに顔をゆがめた弟が返答してくる。しかし、姉とは目を合わせようとはせず、不安げに視線が左右に泳いでしまっていた。

(脚のマッサージのわりには、すでに起きあがって見つめ合ってたわよね。それに、私が部屋のドアを開けたとき、二人ともどこか挙動が怪しかったような……)

双子の間にあった甘い空気。それはどこか恋人同士が醸し出すものに似ていた。

「裕、正直に答えなさいよ。梨奈とエッチしたの？」

逞しい肉槍をズボン越しにさすりあげつつ、里美は核心を衝く問いを発した。

弟の童貞を奪った際、双子が初体験未遂を犯していることはすでに聞いている。であれば、女優姉の肉体でオトコとなった裕一が、再チャレンジで梨奈の初めてを奪っていても不思議はない。

「し、して、ないよ。リーねぇとは、あの失敗以降、し、して、ないです」

声のトーンが跳ねあがり、かすかに震えを帯びていた。さらに、先ほど以上に少年の目が落ち着きなく揺れ動いている。

（なるほど、梨奈とのエッチは認めないってことね。まあ、いいわ。それを聞いても、どうなるものでもないんだし）

里美自身、実弟と肉体関係を持ってしまっているのだ。裕一が梨奈との件を認めたとしても、特別なにかが変わるわけではない。せいぜい近親相姦に対する罪悪感が多少軽減される程度だろう。

「そう。なら、そういうことにしておいてあげるわ。でも裕って、私よりも梨奈のことが好きでしょう？」

「えっ、そ、そんなことは……。里美お姉さんのことも大好きだよ。ただ、リーねぇは同い年だから、あの、なんとなく距離感が近いような気もしていて、それに、里美お姉さんは綺麗すぎて、気後《おく》れを感じちゃう部分も……」

どこか申し訳なさそうに、裕一はうつむきながら答えてきた。

「うふっ、正直ね。でも裕はその気後れを感じちゃう姉の子宮に、濃厚で熱い精液、叩きつけたのよ。言ったわよね、お姉ちゃん、ナマのエッチも中出しも初めてだって。あんッ、すっごい、裕のこれ、さらに大きくなってきてる」

耳元で甘く囁いてやると、裕一の全身がぶるりと震え、同時にパジャマズボンの下の淫茎が盛大に跳ねあがった。強張りを撫でつけている右手に、さらに体積が増し硬度が一段あがったことがはっきりと伝わってくる。

（あぁ、ダメ、私も自分の言葉で、あの日浴びた熱いものの感触、思い出しちゃってる。この弟の硬いもので膣中こすられて、それで……）

張りつめた亀頭が膣襞をしごきあげ、痺れる愉悦が全身を駆け巡った感覚。子宮を叩いた欲望のエキスの熱さと脈動が瞬時に思い出されていた。ヒップが悩ましく左右に揺れ動き、肉洞内にたまる淫蜜がさらにショーツを濡らしてくる。ロングTシャツを誇らしげに突きあげる双乳の頂点では乳首が球状に硬化し、生地とこすれるたびにもどかしい喜悦を快楽中枢に送りこんできていた。

「くはッ、あっ、あぁ、ほ、ほんとにごめんなさい、お姉ちゃん。あぁ、お願い、ほんとにもう……そうじゃないと、僕、出ちゃうよ」

「謝る必要なんてないわ。だって、お姉ちゃんもとっても気持ちよくしてもらったんだもの。それで、裕、さっきの質問の答え、まだ聞いてないんだけど？」

愉悦に顔をゆがめる弟の顔に性感をくすぐられながら、改めて答えを求めた。

「ひ、秘密の相手になるってやつ？　里美お姉さんとまたエッチできるなら、僕はメチャクチャ嬉しいけど、でも、僕でいいの？　弟、だよ」

「だからこそ、信用できるのよ。裕だって私と、実の姉とエッチしてますなんて他人に言えないでしょう。梨奈との純愛を貫きつつ、綺麗すぎて気後れしちゃうお姉ちゃんの身体で欲望を発散すればいいのよ」

「ごめんなさい。でも、お姉ちゃんのことも大好きなのは、本当だよ。誰もが羨む美人女優がお姉ちゃんなんて、信じられないくらい恵まれてるって思ってる」

裕一は里美が「綺麗すぎて気後れする」という言葉を根に持っているとでも思ったのか、射精感をこらえるように身体をくねらせつつ、そんな言い訳をしてきた。

(私は裕と恋人になりたいわけじゃないから、そこはどうでもいいんだけど……)

高校生の弟を恋愛対象とみていない女子大生としては、昂《たかぶ》る肉体の疼きを鎮める相手をしてくれるだけでいいのだ。もし里美を裏切って姉弟相姦を暴露しようものなら裕一自身も大火傷《やけど》を負う。それを充分わかっているであろう少年は、里美にとって非常に信用ができる存在であった。妹と、双子の姉と恋愛をしたければそれは本人たちの自由であり、世間的には許されなくとも、そこに干渉するつもりはない。

「じゃあ、お姉ちゃんの秘密の相手、してくれるのね?」

「う、うん、僕でよければ。ほかの人にお姉ちゃん、盗られたくないし」

「ふふっ、ありがとう。あなたのモノよ。お姉ちゃんの身体は全部、裕のモノ」

頷いた裕一に艶然と微笑みかけ、チュッと唇を奪うとペニスから手を離した。

「お、おねえ、ちゃん」

「そんな悲しそうな顔しないの。すぐに楽にしてあげるから。まずは裸になって」

艶やかな微笑みを送りつけ、里美は惜しげもなくロングTシャツを脱ぎ捨てた。タプタプと揺れながらたわわな肉房が姿を見せる。ズボンを穿いていなかったため、前面にレースがあしらわれた瀟洒なライムグリーンの薄布もあらわとなった。

「お姉ちゃんのオッパイ……ほんとにすっごく大きい……。そ、それに……」

裕一のウットリとした視線が、豊かな双乳とショーツに守られた股間をせわしなく行き来している。その眼差しだけで女子大生の腰が妖しく震え、新たな蜜液を分泌してしまった。

「ほら、見てなくていいから、裕も脱いで。そうじゃないと、気持ちよくしてあげられないわよ」

「う、うん、でも、大丈夫かな。隣の部屋にはリーねぇが……」

姉の言葉に弟が再び不安そうな顔となり、梨奈の部屋と接する壁を見つめた。

「できるだけ、声を抑えるようにすれば大丈夫よ。梨奈はイヤホンで今度出る新曲を聴きながら振りつけの練習をするって言っていたから。それに、モタモタしていたらその練習も終わって、本当に時間、なくなっちゃうわよ」

「そ、そうだよね、わかった」

里美の言葉に裕一はひとつ息をつき、慌ただしくパジャマを脱いで全裸となった。逞しい肉槍が下腹部に張りつきそうな急角度でそそり立ち、女子大生のオンナを煽ってくる。遮《さえぎ》るものがなくなった影響か、ツンッと鼻の奥を衝く牡臭が鼻腔粘膜をくすぐってもきていた。その芳香にまたしても腰が妖しく揺れてしまう。

(あぁん、ひと月ぶりに見るけど、本当に逞しいわ。また、あれで膣中を……)

柔襞をこすりあげられる快感を思い出し、背筋に思い出し愉悦が駆けあがった。

「うふっ、すごいのね、裕。とっても立派よ」

「お、お姉ちゃんも、それ、脱いでよ。僕も、お姉ちゃんの裸、全部、見たいよ」

「はい、はい、ちょっと待ってね」

隣室の梨奈の存在は気になるのだろうが、それ以上に目の前の裸に興味を持つのは年頃の男の子としては当然な反応だろう。そんなことを思いつつ、里美はヒップを左右に振りながら薄布を脱ぎおろした。円錐形の豊乳がぶるん、ぶるんと揺れ動くなか、最後の布地がすべるように双臀から離れ楕円形の陰毛がふわりと姿をあらわす。

「ゴクッ、あぁ、お姉ちゃん……」

弟のウットリとした呟きを心地よく聞きつつさらにショーツをおろしていくと、チユッとかすかな蜜音をともなってクロッチが秘唇から離れた。

(あんッ、やっぱりあそこ、けっこう濡れ濡れになっちゃってる)

淫裂の湿り気をまざまざと感じ、女子大生の全身がカッと熱くなった。それは、実の弟との性交を心待ちにしている肉体の、偽《いつわ》らざる本音。禁断のペニスを求めている己《おのれ》の淫蕩さを見せつけられた思いがした。

「ほ、ほんとに、すっごい……。お姉ちゃんの裸、何回見てもとっても綺麗で、プロポーションも抜群で、ほんとすごすぎだよ」

足首から薄布を抜き取って全裸を晒した姉に、裕一が羨望の眼差しを向けてきた。

「ありがとう。裕のモノよ。世界中で裕だけが自由にできる身体。このオッパイも、このお尻も、もちろん……ここもね」

挑発をするように里美は両手で豊乳をひと揉みすると、そのまま両手をツンッと張り出したヒップに這わせて尻肉をひと撫で、さらに右手は前に戻しふんわりとした柔らかな陰毛を撫でるように下へ、背徳の淫蜜に濡れるスリットへと這わせた。指先が女肉に触れた瞬間、ピクッと女子大生の身体が震える。同時に左手は再び己の膨らみに戻し、量感ある肉房を揉んでみせた。

「あんッ、うぅん……」

里美の唇から、甘いうめきがこぼれ落ちた。切なそうに潤んだ瞳で裕一をまっすぐに見つめ、そのまま見せつけるように右手の指でスリットを撫でつける。チュッ、クチュッと淫猥な音が起こり、溢れ出した蜜液が指先に絡みついてきた。

「おっ、お姉、ちゃん……ゴクッ、ま、まさか、お姉ちゃんのそんなエッチな姿、見ることができるなんて……。あぁ、ダメだ、僕、もう、我慢できないよ」

上ずった声をあげた裕一もいきり立つ強張りを握り、しごきはじめた。

「あんッ、ダメよ、裕。自分でするのはナシよ。お姉ちゃんがしてあげるから。さあ、ベッドに横になって。まずは一度、抜いてあげる」

乳房や秘唇から手を離した里美が、壁際に置かれたセミダブルのベッドを指さす。するとまたしても喉を鳴らした弟もペニスを解放し、ベッドにあおむけとなった。

(あんなに急角度でそそり立ってるなんて……。あれがもうすぐ私の膣中に……。でも、声だけは気をつけないと、こんな場面、梨奈に見られたら……)

天井に裏筋を見せつけるような勃起。その勢いのよさに腰が震え、刺激を求める膣襞が卑猥な蠢きで新たな蜜液を押し出してくる。裕一同様、里美としても梨奈の存在は常に頭に入れていた。チラリと妹の部屋と接する壁に一瞥をくれてからベッドへとあがった。

「お、お姉ちゃん……」

「まずは、舐め合いっこ、しようか、ねッ」

裕一の顔をまたぐように立った里美は、ゆっくりと双臀を落としこんでいった。

「ゴクッ、す、すっごい、お姉ちゃんの綺麗なあそこがまた……。ぬ、濡れてる……。それに甘酸っぱい匂いもしてるよ。こ、ここも、僕だけのモノなんだよね」

弟の腋《わき》の下あたりに膝をついた女子大生の太腿に、裕一の両手が這わされてきた。同時に、熱い吐息が濡れた淫裂に吹き掛かり、背筋がゾクゾクッとしてしまう。

「そうよ、裕のモノよ。お姉ちゃんのそこを自由にペロペロできるのは、世界中で裕だッ、はンッ！　ダメ、そんな急に、舐め、ないで……」

「ンぱぁ、お、お姉ちゃん、声」

スリットがベロンッと舐めあげられた瞬間、甲高い喘ぎが口をついてしまった。すると、秘唇から唇を離した少年が、焦ったように注意を促《うなが》してくる。

「ごめん、でも裕がいきなり……。お姉ちゃんを困らせる悪い子には、お仕置きよ」

いくら不意打ちの刺激であったとしても、喘ぎをあげてしまったのは自分のミス。里美は素直に詫びを入れ、お返しとばかりの弟の強張りに向かって上体を倒した。

（あんッ、すっごい、近づくたびにエッチな匂いがどんどん濃くなってくる）

里美が淫蜜を滴らせていたのと同様、裕一も大量の先走りを滲み出させており、亀頭全体がテカっていた。さらに、女子大生のオンナを刺激する若い牡の欲望臭がダイレクトに鼻腔粘膜に突き刺さってくる。

悩ましく揺れ動く双乳が裕一の腹部でグニョリと押し潰されていく。球状に硬化していた乳首も押しこまれた感じとなり、それだけで腰が妖しくくねってしまう。

「おっ、お姉ちゃんのむ、胸が……」

「オッパイはいまはお預けよ。それよりも、こっちで……」

秘唇に息が吹きかかるたびにゾクリとさせられつつ、里美は右手を弟のペニスの中ほどへとのばすと、血液漲《みなぎ》る熱い肉槍を垂直に起こしあげた。

「ンほっ、あぁ、お、お姉ちゃん……」

「硬いわ。それにすっごく熱い。さあ、これからはお互いに声、気をつけましょう」

必死に笠を広げるカリをウットリと見つめた里美は、弟の亀頭先端にチュッとキスをした。そしてそのまま唇を開き、逞しい肉槍を口腔内へと迎え入れていく。

「ンぐっ、ンッ、う〜ン……」

(はぁン、私、また裕のをお口に……。ちょっと生臭いけど、これが私をこれから満たしてくれるんだから、思いきり可愛がってあげなくちゃ)

右手をペニスの根元に這わせ優しく握りこんだ里美は、口腔を満たす強張りをゆっくりと刺激しはじめた。ギュッ、ギュパッと音を立て、活きのいいオトコを柔らかな唇粘膜でこすりあげ、張りつめた亀頭に舌を絡みつかせていく。

(あぁん、裕のちょっと苦くて饐《す》えたような我慢汁と、鼻に抜けていくエッチな香りで、私、ますますたまらなくなっちゃってる)

女子大生のオンナを鷲掴みにする牡の味わいに、ヒップが切なそうに左右にくねった。それはまるで、弟に愛撫を催促するかのような動きでもあった。

「ぐッ、あぁ、お姉ちゃン！ ンくぅ、はぁ、僕もお姉ちゃんを……チュパッ……」

押し殺したうめきをあげた裕一の舌先が、再び淫裂をレロンッと舐めあげてきた。

刹那、痺れるような愉悦が背筋を駆けあがり、里美の唇がキュッとすぼまった。

(はンッ、裕にまたあそこを……。絶対に許されないことだけど、気持ちいい……)

チュッ、チュパッ……弟の舌が濡れた秘唇を往復していく。すると、もっと直接的な刺激を求めるように膣襞が卑猥な蠕動を繰り返し、さらなる淫蜜を滴らせた。

「ギュポッ、ギュチュ……ンぱぁ、あぁ、裕、素敵よ。お姉ちゃん、裕にペロペロされると、とっても感じちゃうの。してあげるね、お姉ちゃんも、裕をいっぱい気持ちよく……はぅッ……」

快感にヒップを振りつつ、いったんペニスを解放した里美は喜びの言葉を送ると、再び目の前の屹立を口腔に迎え入れた。ヂュポッ、ヂュチュッと頬をすぼめ、強めの吸引を見まいつつ張りつめた亀頭に舌を絡ませていく。逞しい肉槍が口腔内で小刻みに跳ねあがり、さらにその体積を増してきた。

（嘘、まだ大きくなるなんて……。先月よりも逞しくなっているんじゃ……）

思春期少年の成長に目を見張りながら、里美は可愛い弟のペニスを舌で嬲りまわした。絶頂が近いのか、鈴口から漏れる先走りの味わいが濃くなっている。

「ンはぁ、あぁ、お、お姉ちゃん、はぁ、ダメ、僕、もう……。でも、僕も負けないよ。お姉ちゃんに、もっと気持ちよくなってもらうんだ」

熱い吐息を濡れたスリットに吹きつけた裕一は、なにを思ったのか両手の指を淫唇へと這わせてきた。そのまま左右にくぱっと拡げられてしまう。

「ンぅッ！　ちょ、ちょっと、裕、なにを……」

「あぁ、すっごい、お姉ちゃんの膣中からトロトロの熱い蜜が溢れてくる。はぁ、それに、膣中もすっごく綺麗で、エッチなウネウネが丸見えに……ゴクッ」

弟の突然の行為に再びペニスを解放した里美に、裕一は恍惚の呟《つぶや》きで返してきた。直後、右手の中指と人差し指がグイッと肉洞に圧《お》し入れられた。

「あんッ！　ゆ、裕……」

「す、すごい……お姉ちゃんのウネウネが、指に絡みついてきてる。はぁ、これなんだ、僕のチ×チンを気持ちよくしてくれたのは、このエッチな……」

ウットリとした呟きの少年が指を往復させると、ヂュチュッ、クチュ……と粘つく摩擦音をともない柔襞がこすりあげられていく。

「あんッ、あっ、あぅン、あぁ、ゆ、裕……。ダメよ、そんな、指でなんて……」

（裕の硬いので気持ちよくしてもらう前に指だけで……。この子の初めてを奪った日も確かクンニだけで先に……。私と裕って、そんなにエッチの相性、いいわけ？）

蜜壺内を襲う直接の刺激に、女子大生の腰が小刻みな痙攣に見まわれた。

「すごいよ、お姉ちゃん。指でジュプジュプしてると、さらに甘くてエッチな蜜がいっぱい垂れ落ちてきてる」

「裕、お終《しま》い。もう、いいでしょう。今度はそこに裕のこの硬いの、ちょうだい」

裕一のペニスをまずは射精させてやるつもりが、逆に追いつめられることとなった里美は、絶頂感の接近を感じつつ、ペニスの根元に這わせていた右手にギュッと力をこめた。そしてそのまま、強めの手淫を加えていく。

「ンはっ、おっ、お姉、ちゃん……」

「ねっ、これでまたお姉ちゃんを……。いま指を挿れているところに、これ、挿れたくないの？」

「い、挿れたい。指よりも、そっちを……。あぁ、ダメ、しごか、ないで、くッ……」

かすれたうめきをあげた弟がようやく肉洞から指を引き抜いてきた。それを確認してから里美も強張りから手を離し、そのまま裕一の上からどいてやる。

「今回は、裕が上よ」

美人女優の言葉に頷き場所を空けた裕一に変わって、里美がマットレスに横たわった。すかさず少年が女子大生の足もとへと移動してくる。膝を立てるように両足を開くと、右手にペニスを握った弟が、姉の淫裂を求めてにじり寄ってきた。

(私、本当にまた弟と……。うぅん、もうそれは考えない。〝女優・桂木里美の秘密の相手〞、私の求めを裕は承諾してくれたんだもの。私は思いきり裕を気持ちよくしてあげることだけを考えて、それで自分もいっしょに気持ちよくなればいいんだわ)

ゴールデンウィーク中に泊まりに来た初日に裕一の童貞を奪い、最終日の夜にも身体を許していた。そして、これが弟と三度目の禁断性交。当然、背徳感はあるが、あえてそれを意識しないようにしようと心に誓う。

「場所、わかる？　ほら、拡げてあげるから、自分で挿れてみて」

（あぁん、私、なんてエッチなこと言ってるんだろう。こんな積極的に迎え入れたことなんて、いままで一度もないの。この初めても、裕にあげちゃうのね）

ヌメッとした女肉の両サイドに指を這わせ、くぱっと左右に開いた。開かれた秘唇をすうっと空気が撫であげ、それだけでまたしても腰がくねってしまう。

「見える。お姉ちゃんの綺麗でエッチなオマ×コが奥まで……。い、挿れるね」

上ずった声をあげた弟の視線が開かれた淫裂に注がれ、その眼差しの熱さに背筋が震えた。その直後、張りつめた亀頭が膣口にあてがわれ、ンチュッと音が鳴る。

「あんッ、裕、そこよ、そのまま、来て」

「うん、イクよ、お姉ちゃん」

お互いに頷き合った次の瞬間、裕一がグイッと腰を突き出してきた。グヂュッとくぐもった音を立て、逞しい肉槍が女子大生の蜜壺に圧し入ってくる。

「ンはっ！　あっ、あ〜ン、はぁ……来た。裕の硬いのが一気に、奥まで……」

（あぁん、すっごい……。熱くて硬いのが、また膣中に……。はぁ、裕の大きいので、あそこが思いきり拡げられちゃってるのがわかる）

狭めの膣道を強引に圧し広げながら侵入してくる禁断の硬直。その圧倒的な存在で柔襞をしごかれると、鋭い快感が突き抜け、視界が白く塗り替えられそうになる。

「あぁ、挿った。また、里美お姉さんの膣中に、僕……くぅぅ、気持ちいい……」

蕩けた表情を浮かべた裕一がゆっくりと上半身を倒してきた。そのまま里美の顔の横に両手をつくと、恍惚の眼差しで見つめてくる。

「いいのよ、我慢しないで。思いきり腰を振って、最後は先月と同じように……」

「うん。でも、お姉ちゃんにもいっぱい気持ちよくなってもらいたいから、できるだけ頑張るね」

テレビでは晒したことのない、艶然としたオンナの顔で微笑みかけると、愉悦に顔をゆがめた弟は健気《けなげ》な言葉を返してきた。そして、ゆっくりと腰を振りはじめる。ヂュッ、グチュッと背徳の相姦音が奏でられ、逞しい強張りが柔襞をこそげてきた。

「うんっ、はぁ、素敵よ、裕。もっと、もっとお姉ちゃんの膣中を楽しんで」

里美は淫靡に潤んだ瞳で弟を見つめると、スラリとした美脚を跳ねあげ、少年の腰に絡みつかせた。

「うわっ、お、お姉ちゃん……。そんな下から腰、揺すられたら僕、ほんとに……」

腰に絡みつく適度な肉づきの太腿。そのなめらかさにウットリしているところに、今度は妖しく細腰をくねらせてきた。自ら腰を上下に動かし、締まりのいい蜜壺でペニスをこすりあげているだけでも射精を助長させるのに、さらに里美自身に積極的に動かれては、絶頂感の接近が二倍、三倍の速さで襲いかかってくる。

「いいのよ、出して。お姉ちゃんの膣中に、白いミルクいっぱい出していいよ。好きでしょう？　お姉ちゃんの膣奥に出すの」

眉間に悩ましい悶え皺を寄せた美女が、艶めいた声音で囁き返してきた。

「うん、好き。お姉ちゃんのキツキツウネウネで、最高に気持ちいいあそこの奥に出すの、大好きだよ」

「お姉ちゃんもよ。先月、初めて膣奥に熱いの感じて、とってもよかったわ。裕だけよ、お姉ちゃんにこんなことができるのは、世界中で裕、一人だけ」

「あぁ、お姉ちゃん、好きだよ、大好きだ」

美人女優の艶然スマイルに性感を煽られながら、裕一は必死に腰を振りつづけた。

グチュッ、ヂュチュ……卑猥な淫音が大きくなるにつれ、痛いほどにいきり立つ硬直にうねる膣襞が四方八方から絡みつき、絶頂感にいざなう蠕動を見まってくる。

（やっぱり、里美お姉さんの膣中も最高に気持ちいい。締まりが強くて、エッチなヒダでこすられると、ほんとすぐに……）

処女であった梨奈の強烈な締めつけには及ばないが、充分すぎる膣圧で強張りを絞りあげてくる女子大生の蜜壺。女子高生よりもこなれた印象の柔襞が、ピッタリとペニスに絡みつき、しごきあげてくる。それは、天にも昇る快感であった。

(でも、まだだ。〝女優・桂木里美の秘密の相手〟になったんだ。お姉ちゃんが気持ちよくなってくれないと、意味がない)

梨奈との一件で、芸能人がプライベートを楽しむ難しさの一端に触れた裕一は、人気女優の恋愛スクープを撮りたいと願う輩《やから》が多いことは容易に想像できた。

いつか長姉にも恋人ができ、自分など見向きもされなくなることは充分に承知している。しかしいまは、恋愛よりも仕事を優先している里美のセックスパートナーという、普通は望んでも絶対に叶わぬ立場に、弟の特権として就《つ》かせてもらえたのだ。

たぐいまれなる美貌を誇る人気女優の肉体で、自らの欲望を発散できる喜びはとてつもなく大きい。だが一番重要なことは里美自身に快感を覚えてもらうことであり、満足してもらえずお役御免になることがなにより怖かった。そのため、迫りあがる射精衝動を懸命にやりすごし、必死に腰を振りつづけた。

「あぁん、私もよ、私も裕のことは、大好きよ。そうじゃなければ、いくら可愛い弟にでも、こんなこと、してあげないわ」

潤んだ瞳を悩ましく細めた里美がさらに腰を躍らせてきた。キュッと肉洞全体の締まりがあがると同時に、キュン、キュンッと肉襞が蠢き、さらに射精を誘ってくる。

「くほぅ、あぁ、し、締まる……。あぁ、お姉、ちゃん……」

ピキンッと脳天に突き抜ける鋭い愉悦。煮えたぎった欲望のエキスが出口を求めて迫りあがってくる感覚に抗い、さらに腰の動きを速めていった。

「はンッ！　いいわ、上手よ。裕の硬いの、お姉ちゃんのいいところに、うンッ、ピンポイントで当たってきてる。そのままつづけて、そうすれば私もいっしょに……」

里美の顔がさらに悩ましさを増した。さらに、姉の両手が裕一の背中にのばされ、愛おしさを伝えるかのように撫でつけてくる。

「うん、いっしょに、僕もお姉ちゃんといっしょにイキたいよ」

奥歯をグッと噛み、絞り出すような声をあげた裕一は、顔の横についていた右手をひと突きごとにぶるん、ぶるんっと円を描くように揺れ動く豊乳へとのばした。手のひらからこぼれ落ちる弾力豊かで柔らかな肉房を、やんわりと捏ねあげていく。

「あんッ、オッパイもあそこも全部、裕のモノよ。裕だけが自由にできるんだから」

「うん、渡さないよ。お姉ちゃんのこの身体をほかの奴に渡すもんか。この大きなオッパイも、くッ、キツキツのオマ×コも、全部、僕だけのモノだ」

興奮に火照った顔で見つめ合いラストスパートへと入ろうとしたまさにそのとき、バンッと勢いよく部屋の扉が開けられた。

「姉弟でなにしてるのよ！」

多分に怒気を含んだ声。それまで見たことのない鬼の形相《ぎょうそう》をした梨奈が、ズンズンと足音荒く部屋に入ってくる。

「り、梨奈ッ！」

「りっ、リーねぇ……」

トップアイドルの突然の登場に驚いた二人の口から、同時にかすれた声があがる。

そのとき裕一は思わず腰を引いてしまっていた。驚きでいっそう締まりを強めていた肉洞で激しくこすられながらペニスが抜け落ちる。その最後のしごきが決定打となったのか、抜いた瞬間、裕一の腰に絶頂痙攣が襲いかかった。

「うはッ！　あっ、で、出る……」

ドピユッ、ズピユッ……。長姉との甘い空気から一転、緊迫した雰囲気のなか、張りつめた亀頭先端からは白濁液が迸り、里美の腹部や乳房を白く汚してしまった。

「最悪ッ！」

怒りに震えた声を出した梨奈が、きっと鋭い眼差しで睨みつけてきた。

（ほんと、最悪だよ。こんなのって……。お姉ちゃんを満足させられなかったばかりか、リーねぇにまでバレちゃって……。僕、これから、どうすればいいんだ）

別の意思を持つかのように脈動をつづけるペニスを抱《かか》え、裕一は蛇に睨まれた蛙のように全身を硬直させていた。

「あんッ、出ちゃったのね。『膣中にいいよ』って言ったのに、抜いちゃうなんて」

梨奈の登場に驚きを見せていた長姉はすっかり立ち直った様子で上体を起こすと、自身の胸元に飛び散った白濁液を指先ですくい取り、艶然たる微笑みを送ってきた。

「ご、ごめんなさい、お姉ちゃん。でも、あっ、あの……」

怒りに顔を紅潮させている梨奈と、悩ましく上気した顔を晒す里美、裕一は二人の姉の間でおどおどと視線を泳がせていた。

「ふふっ、いいのよ、謝らないで。膣中はまた今度のお楽しみね。さて、梨奈、ノックもなしに部屋に押し入ってくるっていうのは、ちょっと失礼じゃないのかしら」

「はぁッ!? 姉弟でいかがわしいことしておいて、失礼もなにもないでしょう」

完全に戸惑い顔を引き攣らせている弟に対して優しく微笑みかけた姉が、梨奈には不敵な笑みを浮かべ語りかけてきた。その態度が、女子高生の怒りに油を注ぐ。

（自分がやらかしたことわかってるはずなのに、なんなのお姉ちゃんのこの余裕）

スマホに入れていた新曲をイヤホンで聴きつつ、タブレット端末で振りつけ動画を再生。その動きを確認していた梨奈は、いったん休憩しようと音楽と動画を止めた。その直後、里美の艶めかしい喘ぎ声が聞こえたのである。

最初は姉もなにか演技の練習なのかと思ったが、それにしては生々しすぎ、おまけに男性の声もかすかに聞こえてきたのだ。その瞬間、ハッとした。電話をスピーカーにしてエッチな練習をするとは思えない。そして、この家にいる男性はただ一人。自分のことを好きだと言った双子の弟が、美人女優の姉とエッチをしている。その可能性に思い至ったとき、梨奈は矢も楯もたまらず隣室へと突撃したのである。

「へぇ、裕と、双子の弟とセックスしちゃったあなたが、それを言う資格あるの？」

「なッ!? 裕一、あなた最低ね。この裏切り者！」

予期せぬ反撃に遭い梨奈は一瞬、言葉に詰まった。まさか姉が自分と裕一の関係を知っているとは思わなかった。そのため、美人女優の誘惑に負けた弟に攻撃の矛先を向けていた。

「えっ？　いや、ぼ、僕は……」

ビクッと全身を震わせた裕一が、かすれた声をあげ首を激しく左右に振ってくる。

「言っておくけど、裕じゃないわよ。裕は質問した私に、梨奈とはエッチしていないって、答えてきたんだから。お姉ちゃんに嘘をつくなんて、いけない子ね、裕」

「ご、ごめんなさい」

里美に甘く睨まれた弟は、うつむくと小さな声で謝罪を口にした。

「いいのよ、大っぴらに言えることじゃないものね。秘密にしないといけないことを黙っていただけなんだから、お姉ちゃんはますます、裕を信用できるってものよ」

「お姉ちゃん……」

優しい姉の言葉に裕一の顔があがる。すると、美人女優は気にするなとばかりに、チュッとキスをしたのだ。その瞬間、モヤッとした感覚が梨奈の中で広がった。

(なに、これ？　まさか嫉妬じゃないよね。姉と弟が親密な雰囲気を醸し出していることに、私を好きだと言ってくれた裕くんが、お姉ちゃんと仲よくしていることに妬くなんてありえないわ)

「裕くんじゃないのなら、いったいどうして……」

二人だけの空気を打ち破らんばかりの不機嫌な声で姉を見つめた。

「私が二人の関係を怪しいって思ったのは、四月の中旬、裕と再会した日。そして原因は梨奈、あなたの態度だったのよ」

「う、嘘……」

(だって、あの当時はまだ私と裕くんは……)

ホテルでの初体験未遂はあったが、それでもいまほど親密な関係にはなっていなかった。それだけに、里美の思いがけない言葉に動揺が広がっていく。

「いまさらそんなことで嘘はつかないわよ」

肩をすくめた姉は、二人の関係を怪しむきっかけが梨奈の部屋で話をした際の女子高生の態度にあったことを教えてくれた。そして、今夜のいっしょの入浴と、先ほどマッサージのため部屋に来ていた裕一と見つめ合っている場面を見たことが、決定打となったのだという。

「そ、そんな……」

「それで、梨奈。双子の姉弟でのエッチ、認めるの?」

「そ、それは……」

「私と裕の関係を見てもなお隠す必要性、あるとは思えないけど。ママには、もちろんパパにも、申し訳ないけど、いけない姉弟なのよ、私たちは」

両親への裏切り。それをはっきりとさせた里美の言葉に、裕一の視線が再びさがったのがわかる。しかし、それは弟だけではない。梨奈もまったく同じであった。

（ママは、私と裕くんがエッチな関係になってるなんて想像すらしてないだろうな。もちろん、お姉ちゃんとも。わかってはいたけど、こうもはっきりと言われると、罪悪感がキツくなるわ）

姉弟相姦がタブーなことは百も承知。それをわかりながら裕一に処女を捧げたのは、それだけ弟を信頼している証《あかし》。しかし、それは公言できることではなかった。

「ねえ、裕。お姉ちゃんのマンションでしばらくいっしょに暮らす？」

しばしの重たい沈黙を破ったのは、またしても里美の予想外の言葉であった。

（裕くんがお姉ちゃんのマンションに行くっていうことは……）

「ダメよ、そんなの。お姉ちゃん、いったいなにを考えてるのよ」

（あっ！ そうか、お姉ちゃんと裕くんの関係って、ゴールデンウィーク中に……）

自身がライブツアーで東京を離れ、母も海外出張に出ていた時期、弟は姉のマンションで生活をしていた。二人が深い関係になったのはあのときではないのか。

（だとすれば、私が初めてをあげたときには裕くんはもう……。もしかしたら、すでに経験していたから、あのときは失敗しなかったのかも）

初体験同士だったときの失敗があるだけに、里美との経験を踏まえ、二度目は成功したとも考えられる。もし二度目も初めて同士で失敗に終わっていたら、二人とも立ち直れなかったかもしれない。そう思うと、女子大生が男子高校生の童貞を奪ったことは悔しいが、必然であったようにも感じられる。しかし、だからといって、みすみす姉と弟を二人きりにする機会を与える気にはなれなかった。

「なら、私のマンションにはあなたが来る、梨奈」

「えっ!?」

梨奈と裕一の口から、同時に戸惑いの声があがる。

「今日のことを意識しないように、普段どおりにしようと思えば思うほど、ギクシャクは大きくなるわよ。わかっていると思うけど、ママ、けっこう鋭いからね。それに梨奈がウチに来れば、私が裕とエッチする機会、奪えるわよ。家だから禁断の関係を結べるのであって、まさか弟とホテルに出入りするわけにはいかないでしょう。それこそスクープ狙いの格好のネタだわ。二度とテレビの世界には戻れないほどの爆弾。まっ、裕とエッチできないっていうのは、梨奈も同じだけどね」

「お、お姉ちゃん」

姉の言葉に、裕一が少し悲しそうな表情を浮かべた。

「大丈夫よ、裕。そんな泣きそうな顔しないでも。〝女優・桂木里美の秘密の相手〟は可愛い弟の裕だけ。裕のこれだけが、お姉ちゃんの身体を好きにできるのよ」

里美は意味ありげな微笑みを浮かべると、右手を裕一の股間にのばした。すっかりおとなしくなっている淫茎を優しく握りこんでいく。

「うはッ！　おっ、お姉、ちゃん……」

ビクッと身体を震わせた少年の股間がみるみる体積を増し、天を衝く偉容を復活させる。勃起したことにより、濃厚な性臭が一気に拡散、鼻腔をくすぐってきた。

（やだ、さっき出したばっかりなのに、すっごい……。この前はあれが私の膣中に……。イヤンッ、思い出しちゃう）

ゾクッと腰が震えると同時に、初めて迎え入れた強張りの異物感を思い出した肉洞がキュンッとわななき、再びの性交を求めるように、淫蜜が滲み出してしまう。

「あんッ、すごいわ、裕。またこんなに大きく。つづき、する？」

「だ、ダメよ、お姉ちゃん、今日はもう、そういうことは禁止。そ、それに、なによさっきの〝女優・桂木里美の秘密の相手〟って」

淫靡な空気が濃くなりかけ、自身もそれに呑まれそうになっていた梨奈は、昂る肉体をなんとかなだめつつ、率直な疑問を口にした。

「あぁ、それはね……」

甘い囁きを弟に送っていた姉は、妹の問いかけにザックリとした説明をしてきた。

(確かに裕くんが相手なら、ほぼゼロリスクになるんだろうけど……)

「実際、写真を撮られて大変な思いをした梨奈ならわかるでしょう」

「それは、まあ……」

(でも、弟で性欲を満たすっていうのはどうなのかしら？　確かに私もエッチしちゃったけど、あれは性欲を満たすためじゃなかったし……)

里美と同じ芸能の世界に身を置く梨奈としては、姉弟相姦のタブーを脇に置きさえすれば、言っていることを理解はできる。絶対に自分との肉体関係を公言しない、できない立場の裕一なら、弟ということもあり信頼感は抜群だ。また、梨奈自身、裕一と関係を持ってしまっている以上、姉に強い反論もできなかった。

「納得できない？　まあ、無理に納得する必要はないわ。私と裕の関係を頭の片隅に入れておいてくれればそれで充分よ」

「言っていることはわかるよ。私だって、エッチな気分になることはあるし……」

「別に、裕に関係を無理強《じ》いしているわけじゃないわよ」

「もちろん、それはわかってる。お姉ちゃんの裕くんに対する愛情は本物だろうし、裕くんだってお姉ちゃんのことは……」

(そうか、姉弟だけど、好きな者同士がエッチするだけなんだよね。私だって、裕く

んのことが好きだから、身体、許したわけだし、お姉ちゃんとなにも変わらないのか)

「ふぅ、うん、決めた。私が、お姉ちゃんの家でしばらく厄介になるわ」

「り、リーねぇ」

ひとつ息をつき決断を口にした梨奈に、裕一がどこか複雑そうな表情を浮かべた。それは、里美とのエッチの機会を失ったことを悲しんでいるのか、それとも双子の姉と会えなくなることを憂えているのか、おそらくその両方だろう。

「ごめんね、裕。梨奈とのエッチもしばらくお預けになっちゃうけど、必ず裕のこれ、満たしてあげる機会は作るから、それまで我慢して」

「ンはっ、あぁ、お姉ちゃん……」

「ちょっ、お姉ちゃん！　今日はそれ、もうナシだから」

再び弟のペニスを握った姉に、梨奈はきっぱりと言い切った。

「わかったわよ、うるさいわね。とりあえず、ママが戻ってくるまでに、梨奈が私のところに来る適当な言い訳、考えるとしましょう。ほんとにごめんね、裕」

「僕は、いいよ。お姉ちゃんたちのことが一番大切だから」

「ありがとう。しばらく我慢させちゃうから、最後に少しだけ触っていいわよ」

どこか悲しそうな顔の弟に微笑みかけた里美が裕一の手を取り、たわわな膨らみに導いた。少年の顔が一瞬にして蕩け、手のひらからこぼれ落ちる乳肉を揉んでいく。

「お、お姉ちゃん！」

女子大生に強い口調で言いつつも、梨奈はそれ以上のことは口にしなかった。

（絶対、私への当てつけよね。でも、裕くんにしばらく我慢させる以上、あれくらいは許してもいいのか。もしかして、私もオッパイくらい、触らせてあげるべき？　いや、いままでさんざんやめさせようとしていて、急にそれは立場ないか）

女子高生の存在は気になるのか、チラチラッとこちらを窺《うかが》いつつも、姉の乳房を陶然と揉んでいる弟に恨めしげな視線を向けた梨奈は、一人悶々とした気分を抱えてしまうのであった。

第五章　秘密のグランピングパーティ

1

「う～ん、着いたぁ。東京とは思えないほど涼しいし、緑の匂いもけっこう濃いね」

車を降り、大きくノビをしながら深呼吸をした裕一は、都心部の蒸し暑さとは違う空気のヒンヤリ具合に感嘆の声をあげた。

「東京と言っても、奥多摩の山間部ですもの。こっちまで来れば、さすがに自然も豊かになるし、気温も都心部に比べれば低くなるわよ」

運転席から降り立った里美が運転中に掛けていたサングラスを外すと、優しい微笑み浮かべ答えてきた。品がよく清楚な白いノースリーブワンピース姿の長姉は、その美貌と相まって圧倒的な存在感と隠しきれないオーラを放っている。

（やっぱりお姉ちゃんはとんでなく綺麗だよな。特段オシャレしているわけでもないのに、ただ立っているだけで、絵になるんだもんなあ）

なにもない場所にただ立つだけで華やかさを演出してしまう、天性の美。美しすぎる姉に思わずウットリとしてしまった。

七月上旬の土曜日。梅雨の中休みの晴天に恵まれたこの日、裕一は長姉の里美が運転する車で奥多摩にあるグランピング施設を訪れていた。

（今回のこれって、あの日お姉ちゃんが言っていた、僕の欲望を「満たしてあげる機会」ってやつなのかな？　だとすれば今夜は……）

三姉弟《きょうだい》の禁断の関係が露呈してから早三週間。あの日、里美とのエッチ中を梨奈に踏みこまれて以降、当たり前だが姉弟間のエッチは途絶えている。

けっきょく長姉は母が出張から戻るまで六本木の実家に滞在し、母の帰国後、「姉妹と判明してからいっしょの仕事が増えたため、話を合わせておいたほうがいい事柄について、打ち合わせがしたい」「電話やメッセージアプリのやり取りでも連絡は可能だが、顔を合わせる機会を増やしたほうがいいと思う」という言い訳を静子が受け入れてくれたことで、梨奈は女子大生のマンションで十日間ほどをすごしたのだ。

（もし、僕が考えているとおりなら、今夜はとんでもないことになるんじゃ……）

小さく生唾を飲むと同時に股間がピクッと震え、ジーンズの内側で存在を誇示しはじめた。というのも、今回はアイドル姉もいっしょなのだ。多忙を極める二人の休みが重なったことで、姉弟三人の一泊キャンプが実現したのである。

「お姉ちゃんは先にチェックインしちゃうから、荷物、おろしてちょうだい」

里美の言葉で現実に引き戻された裕一は車の鍵を受け取ると、ドイツ製ＳＵＶの後部に回りこみ、車体の下に足を蹴り入れる動作をした。すると、電動で後部ゲートが開いた。荷室に置かれた二つの旅行鞄を手に取り、再び足の動作でゲートを閉じる。

「リーねぇ、先に中、入るよ」

車を降りた直後から、スマートホンで周囲の写真を撮っていた梨奈に声を掛けた。

「待って、いま行くから」

双子の姉が小走りにこちらにやってくる。女子高生は少し大き目のＴシャツに、一見ロングスカートにも見えるギャザーの入ったゆったり目のパンツ姿であった。

着る人によっては野暮ったく見えてしまうファッションも、トップアイドルが着るとビシッと決まるのだから、可愛くてスタイルのいい美少女はやはり正義だ。

（お姉ちゃんとは少し雰囲気が違うけど、リーねぇもすごく可愛くて綺麗だよなぁ）

「裕くん、なに顔をニタニタさせてるのよ、気持ち悪いなあ」

梨奈が眉を寄せ、不審そうな視線を送ってくる。

「いや、僕のお姉ちゃんは二人とも、ほんとに綺麗だなと思って」

「なに、それ？　いまさら？」

「改めて思ったんだから、いいじゃん」

わざとらしく眉を寄せる双子の姉に言い返しつつ、長姉が待つ建物へと入った。

「お待たせ、お姉ちゃん」

チェックインを終えた里美が待つフロントへ行くと、女性スタッフが今夜泊まるテントへと案内してくれた。そこはフロントの建物から電動カートで数分の場所。高い木の塀で目隠しをされた一角。その内側に豪華なテントがしつらえられていた。

「うわっ、大きい……。これ、本当にテントなの？」

梨奈が発した驚きの声には、裕一も素直に同意であった。

「なにかございましたら、テント内の電話でフロントにご連絡ください。ご予約いただいたバーベキューセットは、五時半前後にお届けにあがります。それでは、ごゆっくりとおくつろぎください」

「どうもありがとう」

案内してくれた女性の説明に里美が絶品スマイルで礼を述べると、女性スタッフの顔がポッと赤くなった。

（お姉ちゃんの微笑みって、女の人でもウットリとしちゃうものなんだな）

美人女優に直接見つめられ笑みを送られた際の破壊力は、男女関係がないことをまざまざと見せつけられた思いがする。

「さあ、中に入ってみましょう」

恍惚顔の女性スタッフがカートで戻っていくと、長姉がテント内へと足を向けた。梨奈と頷《うなず》き合い、そのあとにつづく。入ってすぐ、靴脱ぎスペースとしてラグが敷かれていたためその場で靴を脱ぎ、用意されていたスリッパをつっかけた。

「うわぁ、なにこれ、中も広い」

そこはまさにリゾートホテルであった。広々としたワンルームスペース。片側の壁には遮光カーテンが引かれ、外が見えないようになっている。そちらも気になるが、それ以上に豪奢な天蓋つきのキングサイズベッドが存在感を誇示し、その手前にはベッドに変換できるソファが置かれていた。そのほかテレビや冷蔵庫なども当然のように設置され、いまいる場所が本当にテント内なのかと思えるほどだ。

「ねえ、ねえ、こっちもすごいよ」

梨奈の弾んだ声に導かれ訪れたのは、洗面ルームであった。そちらも非常にゆったりとスペースがとられていた。ツーボウルの洗面台の正面には大きな鏡が嵌めこまれ、その先に最新式のトイレ。さらに奥にはシャワーブースが設《もう》けられている。

「お姉ちゃん、もしかして、ここってすっごく高いの？」

「う〜ん、ホームページには設備が充実した高級グランピングって書かれていたけど、値段はそんな驚くほどではなかったわよ。それに、そんなことは裕が気にすることじゃないわよ」

裕一の質問に、里美が軽く肩をすくめるようにして答えてきた。今回のキャンプ旅行の費用は全額、女優姉が負担してくれていたのだ。

（まあ、お姉ちゃんやリーねぇみたいな超売れっ子の芸能人にとっては、たいしたことない金額なのかもしれないけど……）

父に引き取られて育った裕一は、父自身が高給取りであったことから、それなりに裕福な生活を送ってきていた。しかし、将来自分もその金額を稼げるかと言われればまったく自信はない。そのため、しっかりと仕事をし、高収入を得ている二人の姉は素直にすごいと思えた。

「それより二人とも、もっとすごい光景がテントの外に広がってるんだけど、そっちは見ないわけ。お姉ちゃんとしては、そっちも見てほしいんだけどなぁ」

テント内で大はしゃぎになっている妹弟を、里美が外へと誘ってきた。

テントには外部からの出入り口のほかにもう一箇所、外に出られる部分があった。それは入ってすぐの主室のカーテンで目隠しされていた部分だ。長姉がそのカーテンをさーっと開けた瞬間、裕一は言葉を失った。

(なに、これ？　す、すごい……)

「う～わ、綺麗……それに、ひっろい」

呆然と立ち尽くしていた裕一の横を、梨奈が小走りで駆け抜けていった。そして、主室とひとつづきとなっているウッドデッキへと出ていく。ウッドデッキにはサンダルが用意されていたが、アイドル姉はスリッパのままだ。

「ほら、裕も行くわよ」

「えっ、あっ、う、うん」

スリッパからサンダルに履き替えた里美に促《うなが》され、裕一もウッドデッキへと出た。

主室よりも広いでのはないかと思えるウッドデッキ。その中央にはジャグジーが設置されていた。洗面スペースにシャワーしかなかったのは、こちらにジェットバスがあるからだったらしい。さらに、バーベキュー用のグリルやテーブルセットが用意されており、火を熾《おこ》せばすぐにでも楽しむことができそうだ。

（お姉ちゃんが水着を持ってこいって言っていたのは、このジャグジーのためか）

今回の一泊キャンプが決まった際、里美から「いちおう水着持ってきてね」と言われていたのだ。これまでのところ、スイミングプールがありそうな感じではないため、このジャグジーにいっしょに入るとき用だったと思われる。

「すごいね、お姉ちゃん。よくこんなところ見つけたわね」

満面の笑みを浮かべた梨奈がスリッパを脱ぐと、その場で靴下も脱いで裸足となり、ウッドデッキの外に出ていく。数段低くなったそこには広大な芝生が広がっていた。ぐるりと周囲を高い木の塀で囲われているプライベート空間だ。

「実は紹介してもらったのよ」

そう言いつつ美人女優も芝生へと降り立っていく。どうやらいま撮影している映画で共演しているベテラン俳優から教えてもらったらしい。それは、芸能人に疎《うと》い裕一でも顔が思い浮かぶ大物であった。

（あぁ、あの人か。そういえば以前、アウトドア派でよく家族でキャンプに行くって、テレビで言ってるの見た記憶があるなぁ）

記憶の断片を掘り起こしつつ、裕一も芝生へ降り立った。芝が太陽光を反射させ、目にまぶしいほどだ。そこからぐるりと周囲を見れば、山の緑が鮮やかに迫り、近くに川が流れているのか、せせらぎも聞こえてきている。

「なんか、ゆったりするにはすっごいいところだね」

「でしょう？　ねえ、裕、悪いんだけど、梨奈との写真、撮ってくれるかしら。来週また二人でトークバラエティに出るんだけど、そのときに使いたいから」

そう言う姉からデジタルカメラを受け取ると、豪華なテントをバックに芝生に立ちポーズを取る二人の姉を何枚も撮影していく。

「裕くんがいっしょの写真は出さないわよね」

「当たり前じゃない。私と梨奈、二人で写っているものだけよ、番組で使うのは。そもそも裕もいっしょに写っている写真、見せるつもりないもの」

一般人である自分が世間に晒されることがないよう配慮してくれている姉たちの心遣いが、なんとも嬉しかった。その後も裕一はときおり三人での写真も撮りつつ、テント内でくつろぐ美人芸能姉妹の姿をデジタル保存しつづけた。

「せっかくなら、ジャグジーに入っている姿も撮っておけばいいんじゃない？」

ウッドデッキのテーブルセットでゆっくりとお茶を楽しんでいるとき、裕一はお湯が張られていないジャグジーにチラリと視線を向け、なにげなく問いかけた。

「あら、なあに、裕。お姉ちゃんたちの裸を公開したいわけ？」

「そ、そんなワケないでしょう。お姉ちゃんたちの裸をほかの人に見せるなんて絶対にイヤだよ。でも、水着、持ってきているんだから、それを着てと思っただけだよ」

蠱惑《こわく》の微笑みで問い返してきた里美に、裕一は慌てて首を振って否定すると、言い訳がましい言葉を重ねていく。

「お姉ちゃんは梨奈と違って水着グラビアやってないし、ドラマや映画でも水着になるシーン、撮ったことないわ、そういえば」

「そうなんだ。あぁ、でも、確かにお姉ちゃんが出ているドラマや映画、何本も見たけど、いわゆるお色気シーンみたいなのは、まったくなかったね」

里美が姉であると判明してから、裕一は長姉が出演したドラマや映画など、ネット配信されていたものはある程度チェック済みであった。恋愛ドラマでのキスシーンはあっても、ベッドシーンはおろか水着や下着になる場面は存在していなかった。

「いまの時代、不必要にそういう場面を入れちゃうと、苦情も多いみたいよ」

「あぁ、なるほどね」

コーヒーカップを口元に運び唇を潤した女子大生の言葉に、裕一は頷いた。

「ねえ、裕、お姉ちゃんのキスシーン、見た？」

「えっ!?　み、見た、けど」

蠱惑の微笑みを浮かべた長姉の問いかけに、胸が少し痛くなる。そのため、視線がすっと姉から逸れてしまった。その態度に女子大生がクスッと笑んだ。

「もしかして、悔しいとか思っちゃった？」

からかうような言葉に、答えに詰まる。

（ドラマのキスシーンなんてそれまではなんとも思わなかったのに、自分のお姉ちゃんが男とキスしている場面を見せられるのは、正直いい気持ちはしないよ。でも、さすがにそれは言えないよな。だって、女優としてのお仕事なんだから）

「いや、まあ、あの、お仕事なんだし、それは……」

「そんなつらそうな顔で言われると、私も罪悪感持っちゃうんだけど……。はぁ、しようがないな」

里美はそう言うとコーヒーカップをテーブルに戻して椅子から立ちあがり、裕一の横にやってきた。突然のことになにごとかと顔をあげ姉を見つめる。すると女子大生のほっそりとしたなめらかな両手が頬を挟みつけてきた。

「おっ、お姉ちゃッ！」

言葉の途中で裕一の両目が見開かれた。唇に姉のふっくらとした朱唇が重なり合ったのだ。その柔らかな感触と、鼻腔をくすぐるコーヒー臭が混じった甘い体臭に、一瞬にして顔が蕩けてしまう。姉の唇がかすかに開き、そこからヌメッとした舌が出された。裕一の唇をノックした直後、するりと口腔内に入りこんでくる。

「ンむッ！」

（なに、これ、お姉ちゃんの舌が僕の口の中に……。ダメ、僕の舌も勝手に……）

牡の本能がそうさせるのか、裕一の舌が入りこんできた姉のそれを迎え撃ち、生々しく粘膜同士が絡み合った。ンヂュッ、チュッ……恍惚感の上昇とともに、舌同士が絡み唾液が混ざり合う粘音が大きくなっていく。同時に、下腹部では淫茎がムクムクと鎌首をもたげはじめてしまう。

「ちょ、ちょっとお姉ちゃん！」

梨奈が勢いよく椅子から立ちあがり、抗議の声をあげてくる。それでようやく女子大生は口づけを解いた。その際、唇と唇の間に小さな唾液の糸が橋を架ける。

「ンぱぁ、はぁ、ふふっ、どう、裕。大人のキスの味は？」

「ふへっ？　あっ、あの、ゴクッ、す、すっごく、エッチで気持ちよかった、です」

蕩けた表情で裕一は目の前の美貌を見つめた。

「いい、挨拶に毛が生えた程度のドラマのキスなんて気にする必要ないのよ。だって裕は世界でただ一人、お姉ちゃんの身体のすべてを好きにできる存在なんだから」

「お、お姉ちゃん……」

艶然と微笑む里美を、裕一は陶然と見つめ返していった。

「ハァ、お姉ちゃん、さすがにヤリすぎ」

「あら、いいじゃないの。今日はそのつもりでここに来ているんだし。ところで、梨奈はどうするの、水着を着てジャグジーの写真、撮る？」

「えっ？　あぁ、その話か……。私もパスだわ。仕事でもないのに、不特定多数に見せる目的で水着写真、撮りたいと思わないから」

姉弟の濃厚キスに批判の声をあげた梨奈も、ジャグジーでの写真撮影はするつもりはないと意思表示をしてきた。

「じゃあ、この話はなしということで」

ようやくドキドキが少し治まった裕一はコーヒーで喉を潤し、結論を口にした。

「ジャグジーはバーベキューのあといっしょに入りましょう。もちろん裸で、ねッ」

「えっ！　はっ、裸で？　でも、いちおう外だよ、ここ」

周囲を高い塀で囲われているとはいえ、屋外であることに変わりはないのだ。

（もし、人気女優の桂木里美とアイドルの村松梨奈が来ているって知られたら……）

グランピング施設には大小合わせていくつものテントが用意されていた。週末のこの日、一般の利用客も多いだろう。そんな状況で有名人の二人が来ていることを知った人間が、よこしまな考えを抱き盗撮しようと思えばできないことはないだろう。

「もしかして、盗撮の心配してくれてる？」

「うん。だって、高い塀に囲まれているけど、自撮り棒を最大限にのばせば」

「う〜ん、どうかな。自撮り棒って長いと使い勝手悪くなるから、多くは一メートル前後だと思うのよね。それだと全然届かないでしょう。最初から盗撮目的ならそれこそ五メートル以上のものを用意してくるだろうけど……。それに、フロントからここに来た道、防犯カメラがいくつも設置されているんだって。だから、そういう不届き者への抑止はできていると思うんだけど」

「そっか、なら、いいんだ」

さすがに芸能人がプライベートで利用する施設だけあって、セキュリティ面もしっかりしているのだろう。そうでなければ安心してくつろげない、という悲しい側面もあるのかもしれない。

「ちゃんとそんなところにも気がつくなんて、裕くんは優しいね」

「当たり前じゃない、私の弟なんだから」

「いや、私の弟でもあるんですけど……」

梨奈が愛らしい笑顔でにっこりと微笑みかけてくれたことに、里美がグイッと胸を張るように答えた。すると、すかさず女子高生が苦笑混じりに反論していく。

「で、梨奈、あなたはどうするの？　バーベキュー後のジャグジー」

「どっ、どうって？」

「私や裕といっしょに入るのかどうか。入るのなら、水着になるのかどうかよ。ちなみに私と裕は裸だから、ねっ、裕」

「えっ、う、うん」

いつの間にか裕一も裸でジャグジーに入ることになっていたが、連れてきてもらっている立場上、文句も言えなかった。

(まあ、お姉ちゃんたちに硬くしたの見られてもいまさらって感じだしな。それにさっきお姉ちゃんは、「そのつもりで来てる」って言ってたし、だったら……)

三週間ぶりに美しい二人の姉と禁断の関係を結べそうな流れに、腰が震える。

「私も入るわよ。もちろん、裸でね」

「りっ、リーねぇ……」

「まあ、裕くんには裸、すでに見られてるんだし、いまさらでしょう」

恥ずかしそうにうっすら頬を染めながら答えてきた女子高生の愛らしさに、裕一の胸がまたしてもズキュンッと射貫かれた。

そうこうしているうちに、いつの間にか時間が経っていたらしく、先ほど案内してくれた女性スタッフが、バーベキューの食材を大量に届けてくれた。

2

「ねえ、このお肉、もう焼けてるから持っていって」

ウッドテラスのバーベキューグリル前に陣取った裕一が、汗だくになりながら声を掛けてきた。日はまだ沈んでおらず、照明を点けなくとも明るさは充分に確保されている午後六時すぎ、姉弟三人だけのバーベキューがはじまっていた。

事前予約していた食材は三人前にもかかわらず、けっこうなボリュームであった。それを裕一が火起こしされたグリルの上に並べ、〝焼き〟担当をしてくれている。グリルは網と鉄板が半々になっており、弟は両方を使い分けて焼いていた。さらに、ジャガイモのホイル焼きは直接炭の中にアルミホイルを入れているらしい。

「ありがとう、裕。もらうわ」

姉の里美が紙皿を手に弟の元に向かうと、裕一はトングで焼きあがった肉や、すでに火が通った数種類の野菜、さらに殻付きホタテや有頭エビを丁寧に載せていく。

「裕も食べなさいよ。というか、裕がたくさん食べてくれないと、大量廃棄だわ」

「多いよね？　運ばれたのを見た瞬間、三人前のボリュームじゃないと思ったもん」

缶ビールをそのままグビッと飲んでいる姉に、紙コップに入れたウーロン茶で喉を潤す弟が素直な感想を口にしている。

「それ、私も思った。大盛りだよね、これ。裕くん、私、そのパリッとなってるソーセージがほしい」

梨奈も紙皿を手に弟に近づき、いい焼き色がついているフランクフルトソーセージを指さすと、すぐに裕一が皿の上に載せてくれた。さらに肉や魚介、野菜もバランスよく盛りつけてくれる。

「これが標準サイズみたいよ。大盛りは別にあったけど、頼まないでよかったわ」

「大盛りだったら、保冷剤もらってお持ち帰りになっちゃうね」

額から汗を流す弟は、そう言うと自分の皿にも肉や野菜を載せていった。

「とはいえ、こっちのお肉とかは別料金だったんだけどね」

里美はそう言ってまだ焼かれていない立派なステーキ肉を指さした。一般的なステーキ肉の倍近い厚みのあるそれは適度な霜降り具合で、肉のうまみと脂身の甘さのバランスが見るからによさそうであった。

「これはさすがに標準セットにはつかないよね。明らかにお肉の質が違うもん」

トングから箸に持ち替えた弟が、自身の皿に載せた肉を頬張っていく。

「このお肉も充分美味しいけど」

梨奈は皿に載せられた肉を食べると、率直な感想を口にした。噛んだ瞬間、肉のうまみがぶわっと口の中に溢れ出す感覚は、けっして悪いものではない。

「うん、このお肉も美味しい」

弟の頬も自然と緩んでおり、満足そうな顔をしている。

「まあ、どっちも銘柄牛だからね。で、そっちの別料金のステーキはA5みたいよ」

「じゃあ、あとで丁寧に焼かないとだね。ねえ、お姉ちゃん、このご飯はどうする？焼きおにぎりみたいにする？ それともこっちのステーキ肉についてきているガーリックスライスとお肉の一部を細かく切って、肉入りのガーリックライスにする？」

再びトングを手にした弟が、肉や野菜をひっくり返していく。さらに裕一はトングを今度はデジカメに持ち替え、梨奈と里美にレンズを向けてきた。梨奈はそれに対して満面の笑みとピースサインで応えてやる。

「焼きおにぎりかなと思っていたけど、そうか、ガーリックライスっていう手もあるのか……。でも、裕、作るの面倒じゃない？」

「大丈夫だよ。網でステーキを焼きながら鉄板で炒められるし、手間じゃないよ」

「そう、じゃあ、そっちでお願い」

「わかった。リーねぇもそれでいい？」

「うん、裕くんにお任せ」

滴り落ちる汗をシャツの袖で拭《ぬぐ》う弟に、梨奈もコクンと頷き返した。

(裕くん、料理はずっとやってきたから得意だって言ってたけど、確かにこういうことにしても手際いいわよね。絶対私やお姉ちゃんより、料理の腕は上だろうな)

両親の離婚後、ほとんど料理をしない父に引き取られた裕一と、料理上手《じょうず》な母に引き取られた自分たちとの違いが、こんな場面でも出てくるのだから面白い。

その後も三人でバーベキューを楽しみ、最後は裕一特製のガーリックライスで締めたのが午後八時前であった。そして、八時すぎにやって来たスタッフが後片付けと、ソファをベッドへ変換させ、さらに帰り際に花火セットを置いていってくれた。

ヒュ～～～～、パ～～～～ンッ！

ほかのテントにも花火セットは届けられているのか、あちらこちらから小さな打ちあげ花火や、ロケット花火の音が聞こえはじめている。

「花火やっている姿も写真に撮るから、お姉ちゃんたち、並んでよ」

裕一に言われるがまま、梨奈は里美といっしょにウッドデッキから芝生に降りると、手持ち花火に火を点けた。パチパチと音を立て、小さな幾何学模様の火花が散っていく。その様子を弟が離れたり、近づいたりしながら何度もシャッターを切っている。そして最後に三人で線香花火を灯《とも》し、二十分ほどで花火遊びを終えたのであった。

3

「う〜ん、けっこういい感じの温度にしたのね」

お湯を張ったジャグジーバスに手を入れ、温水プール程度の湯温であることを確かめた里美は、洗面ルームからバスタオルを持って戻ってきた裕一に話しかけた。

「うん、お姉ちゃんが『適当に』って言ったから、本当に適当にしてみた。水風呂だと冷たすぎるし、熱くするとジェットバスをゆっくり楽しめないと思って」

バーベキューで使ったテーブルセットの椅子を一脚、ジャグジーの横に持ってきた弟は、そこにバスタオルを置くと、はにかんだような笑みを浮かべて返してくる。

「ふ～ん、裕はお姉ちゃんとのお風呂、ゆっくり楽しみたいんだ」

「あっ、いや、けっして、そういうつもりでは……」

からかうように言うと、とたんに弟の頬が赤くなった。

「あら、赤くなった。可愛いわね、裕」

（まあ、裕との一泊旅行、楽しみにしていたのは私も同じだけど……）

三週間前、実家で裕一との性交中に梨奈に乱入され絶頂に達し損ねて以降、仕事の忙しさで気を紛らわせてはいても、どうしても満たされぬ思いを抱く夜も少なくなかった。それを今夜は誰に気兼ねすることなく満たすことができる。そう考えると、里美自身もウキウキした気持ちになってしまう。

「あまり裕くんをからかうの、やめなよ。可哀想じゃない」

「はい、はい。悪かったわよ。なんだったら真面目な梨奈は、私と裕がジャクジーを楽しんでいる間、向こうでテレビでも見ていてくれてもいいのよ」

「なんで私を除《の》け者にしようと……あっ！　私が裕くんを独占しそうで怖いとか」

「ほう、ずいぶんな自信ね。あなたの本気度がどの程度か、試してみましょう」

珍しく挑発的な言葉を口にした妹に、里美は不敵な笑みで返していった。

（梨奈もそうとう気持ちが昂《たかぶ》ってるのね。そりゃ、そうか。私との約束を守っていれ

ば、裕とエッチするのは初体験以降、初めてだろうし、「平静でいろ」って言うほうが難しいわよね）

「裕、お姉ちゃんのワンピースのファスナー、おろしてくれる」

妹の心理状態を推測しつつ、女子大生は裕一に背中を向けた。

「えっ、う、うん」

緊張の面持《おも》ちとなった弟が、白いノースリーブワンピースの背中側にあるファスナーを腰まで引きさげてくる。裕一と向き合いゆっくりとワンピースを脱ぎ落とす。

「おっ、お姉ちゃん……ゴクッ、き、綺麗だ。それに、すっごく色っぽい」

白いワンピースの下からあらわれたワインレッドの扇情的な下着に、少年の喉が大きな音を立てた。弟の熱い眼差しを受け、里美の子宮がキュンッと震えてしまった。

「ちょっと、お姉ちゃん、なんで清楚な白ワンピの下にそんな下着、着けてるわけ」

「あら、そんなの、可愛い弟を少しでも楽しませてあげるために決まってるじゃない。さあ、裕。早くお姉ちゃんの下着も脱がせてちょうだい」

驚きの声をあげた梨奈に大人の余裕を見せつけるように微笑むと、ウットリとした眼差しを向けてくる裕一に視線を戻した。

「えっ！　ぼ、僕が、そんなことまで、ゴクッ」

「当たり前じゃない。お姉ちゃんのことを裸に剝ける男は、裕だけなんだから」

鼻に掛かった甘い声で囁いてやると、裕一の総身がぶるりと震えた。再度、背中を向けてやる。すると、小刻みに震える両手がブラジャーのベルト部分に掛かり、少し苦労した様子を見せつつもホックを外してくれた。

もう一度、裕一のほうに向き直り、焦らすようにブラジャーを外してやった。円錐形の美しく豊かな双乳が、ユッサと揺れながらその全容を晒していく。

「あぁ、お姉ちゃんのオッパイ、やっぱり大きい……」

「裕のモノよ。あとで好きなだけ触らせてあげるから、まずは下も脱がせて。それと梨奈、あなたの格好は脱がせてもらうのに向いてないんだから、さっさと自分で裸になりなさいよ。このままだと私が裕のこと、独占できちゃいそうなんですけど」

早くも恍惚の表情となっている弟に優しく囁いた里美は、複雑そうな表情で姉の半裸に視線を送っていた妹に、先ほどのお返しとばかりに挑発的な言葉を送った。

「わかってるわよ。裕くん、さっさとお姉ちゃんのこと全裸にしちゃいなさい。そうしたら私が、ゆ、裕くんのこと、いっぱい気持ちよくしてあげるんだから」

「リーねぇ……」

里美の正面にしゃがみこみ、両手をワインレッドのショーツにのばしかけていた裕一が、驚いたように双子の姉に視線を向けた。言った梨奈も、そうとうに恥ずかしかったのか、耳まで赤く染めている。

「裕、手がお留守よ」

「あっ、ご、ごめん」

ハッとしたように、弟の手がショーツの縁を摘まみ、双臀の張り出しのほうから剥くように薄布を脱がせてくる。

「それと梨奈、その言葉、ちゃんと実行しなさいよ。じゃないと、本当に裕は、私だけの弟になるわよ」

最後の一枚が秘部から引き離されたことに腰を震わせつつ、羞恥に顔を赤らめたままの梨奈にも言葉を送っていく。

「わ、わかってるわよ、そんなこと」

少し頰を膨らませた妹が、いそいそと服を脱ぎはじめた。

「ありがとう、裕。次は裕が裸になる番ね。脱がせてあげようか」

「じ、自分で」

全裸となった女子大生を陶然と見つめていた裕一は、里美の言葉に慌てて首を振ると、自分から服を脱ぎはじめた。ポロシャツを脱ぎ捨て、ジーンズを脱ぎおろす。すると、紺のボクサーブリーフの全面がもっこりと盛りあがっていた。

「うふっ、すごいのね、裕。もう、大きくしちゃってるの？」

「ご、ごめんなさい。でも、お姉ちゃんの裸が目の前に……だから……」

「いいのよ。お姉ちゃん、怒ってるわけじゃないんだから。それどころか、とっても嬉しいわ。また、裕と……。ふふっ、たっぷりと可愛がってあげるわね」

「おっ、お姉ちゃん！　ゴクッ……」

何度目かはわからない生唾を飲んだ弟が、最後の一枚も脱ぎおろした。ぶんっと唸るように飛び出した屹立が、ペチンッと下腹部を叩く勢いでそそり立っている。

（あぁん、ほんとにすごいわ。あんなに元気に……。やだ、あそこが早くもムズムズしてきちゃってる。もしかして、裕よりも私のほうが切羽詰まってる？）

逞しい屹立に里美のオンナが早くも反応を開始し、秘唇表面には背徳のペニスを迎え入れるための淫蜜が滲みはじめていた。

「す、すごい、裕くんのって、そんな、大きかったっけ」

「あぁ、リーねぇも本当に裸に……。すっごく、綺麗だよ」

妹の言葉にハッと振り返ると、梨奈もすでに全裸となっていた。里美ほどではないが双乳は豊かに盛りあがり、激しいダンスレッスンの成果か、ウエストは驚くほど細い。適度な大きさのヒップもツンッと形よく上を向いており、メリハリの利いた抜群のプロポーションを晒している。その女子高生を、弟がやはりウットリとした眼差しで見つめていた。

「あら、その反応だと、本当に裕とはなにもなかったようね」

「当然でしょう。ちゃんと約束は守ってるわ。お姉ちゃんもいっしょでしょう」

「約束？」

「その話はあとで。いつまでも裸で立っていても仕方がないんだから、まずはジャグジーに入ってしまいましょう」

心情的には一度かけ湯をしたいところだが、湯桶代わりになりそうなものがないだけに、諦めてそのまま腰を沈めていく。妹と弟も円形の湯舟に浸かってくる。裕一を真ん中に、左に里美、右に梨奈の布陣だ。浴槽の縁に埋めこまれていたスイッチを押すと、全方位からジェット水流が噴き出し、ブクブクッと気泡が浮かびあがった。

「ふぅ」

冷たくはないが、けっして温かいわけでもない湯温の絶妙さ。そして背中や腰、ふくらはぎ、さらには足裏に当たる心地いい水流に、思わず吐息が漏れてしまう。

「あぁ、気持ちいい……。あっ、すごい。星があんなに綺麗に見えるんだ」

裕一が気持ちよさそうな声をあげると、夜空を見あげハッとした様子を見せた。東京とはいえ、都心から離れた山間部。まわりに高い建物もなければ明かりもない。さらに都心部よりも空気が綺麗なためか、そこには満天の星空が広がっていた。

「あっ、ほんとだ。東京なのに、やっぱりネオンがないからかな」

「そうでしょうね。裕は星座、わかる？　お姉ちゃんはあまり詳しくないんだけど」

弟の言葉につられ空を見た梨奈の声に肯定を伝えつつ、里美は右隣の裕一を見た。

「僕も詳しくは……。あれが北斗七星であっちの帯状になっているのが天の川。だとすれば……あぁ、あれがデネブでその右下がベガ、そこから左下にのばした先がアルタイル？　それでアルタイルとデネブを結んで、夏の大三角形かな？」

裕一が右手で北の空を指さし、どこか自信なさげに言ってくる。その様子を微笑ましく見つめながら、里美はすっと弟に身を寄せた。少年の左腕に豊かな膨らみがグニュッと押し潰されていく。その瞬間、かすかな愉悦が背筋を駆けあがった。

「おっ、お姉ちゃん！」

「んっ？　なぁに？　いいのよ、説明をつづけてくれて」

「せ、説明って言われても、僕もそれ以上は、あッ、あぁぁ……」

裕一の左耳に唇を寄せ甘く囁きかけつつ、里美は左手を少年の股間へと這わせた。

逞しくそそり立つ肉槍の中央を握りこんだ直後、弟の身体が激しく跳ねあがった。

「すごいのね、裕。こんなにカチカチ……。ごめんね、ずっと我慢させちゃって」

(あぁ、ほんとにすごいわ。こんな水中で触っているのに、硬さばかりが熱さまでが伝わってくる。こんなの、私のほうが我慢できなくなっちゃうわ)

三週間ぶりに触れる勃起。燻《くすぶ》りつづける女子大生の淫欲を満たしてくれる強張《こわば》りに、里美の腰も切なそうにくねり、子宮の疼きが増していった。

「ちょっとお姉ちゃん、なに考えてるのよ。こんな、お風呂に入りながらなんて」

姉が弟になにをしているのか気づいた梨奈が、非難の言葉をぶつけてきた。

「なにもエッチはベッドの上だけでするものじゃないのよ。その気になればどこだって、ねッ、裕」

「くうう、あぁ、おっ、お姉ちゃん、ダメ、そんな、いっぱいこすられたら、僕……。あぁ、触ってもらうの、あの日以来だから、ンくッ、はぁ……」

左手のスナップを効かせるとペニス全体が跳ねあがり、肉竿がさらに太くなった。

(すごいわ、まだ大きくなるなんて……。これでまた膣中を突かれたら、私……)

刺激を欲《ほっ》する肉洞の蠢きに、女子大生のヒップが悩ましく揺れ動く。水中にはすでに漏れ出た淫蜜が溶け出していることだろう。

「いいのよ、出して。今夜は何度でもお姉ちゃんがしてあげるんだから、我慢しなくていいのよ」

「お、お姉、ちゃん……」

可愛い弟に蕩けた瞳で見つめられると、それだけで性感と母性がくすぐられさらに左手の動きが激しくなる。竿部分ばかりか、しっかりと張り出したカリの段差を乗り越え、亀頭裏や先端にも妖しく指を絡みつかせていく。ジェット水流で適度に波立っていた水面が大きく揺れる。

「ダメよ、裕くん、お風呂の中に出すなんて絶対にダメ。お姉ちゃんもいい加減に」

「なによ、いい子ぶって。あなたは裕を気持ちよくしてあげようとは思わないわけ」

「そ、そりゃあ、私だって……。でも、お風呂に浸かりながらなんて、そんなのエッチすぎよ」

梨奈自身も興味はあるのだろう。上気させた顔で、チラチラッと裕一の股間に視線を落としている。しかし、自分から積極的に動くほどの勇気は持てないようだ。

(本当に初エッチ以降、なにもないんでしょうね。ここは一肌脱いであげるかな)

里美とて裕一に「姉」としての愛情以上のものを感じている。そうでなくては、セックスなど許すはずもない。しかし、弟を「男」として見ているわけではなかった。

だが、どうやら双子はそれぞれを異性として強く意識しているらしい。姉弟として許されることではないが、長姉としてはその気持ちを汲んでやりたい思いもあった。

「ねえ、裕はエッチなお姉ちゃん、嫌い？　もし、イヤならもうしないわ」

「えっ、そんなことないよ。大好きなお姉ちゃんにしてもらえて嬉しい。それに一番イヤなのは、お姉ちゃんの身体をほかの男の人に触られることだから、あぁ……」

「うふっ、裕だけよ。言ったでしょう、お姉ちゃんの身体は裕だけが自由にできるって。わからず屋の梨奈のことは忘れて、今夜は二人でいっぱい楽しもうか。お姉ちゃん、いままで我慢させたお詫びに、裕がしたいこと、なんでもしてあげるわよ」

「はぁ、お姉ちゃん、出ちゃう、僕、ほんとに……。くぅう、でも、僕、リーねぇとも、エッチしたいよ」

裕一の腰が小刻みに揺れはじめたのがわかる。左手に握るペニスにも断続的な痙攣が襲いはじめ、本当に絶頂感が間近に迫っているらしい。

「裕くん……。わかったわ、私も裕くんとエッチしたい。だから、お姉ちゃんには負けないからね」

切なそうな目で双子の姉を見た弟に、梨奈が身体を震わせたのがわかる。直後、妹は裕一に急接近すると右腕に美巨乳をグニュッと押しつけていった。

「り、リーねぇまで、そんな、ゴクッ、両方の腕にお姉ちゃんたちのオッパイが……」

「気持ちいい？　そう、よかったわね。裕のためのオッパイよ、あんッ、梨奈、横取りしないで」

さらに強く双乳を押し当てつつ囁いていると、梨奈の右手が強張りにのび里美からペニスを奪い取った。

「あんッ、裕くんの、ほんとにすごい……。お姉ちゃんはさんざん触ったんだから、次は私の番よ。裕くんだって、私にしてほしいに決まってるんだから。あぁん、ほんとに硬くて、すっごく熱いよ」

「リーねぇ……くはッ！　は、激しすぎ！　ダメ、出る、僕、あっ、あぁぁぁ……」

かすれた声をあげた梨奈が、いきなり遠慮のない強い手淫を見まったのだろう。裕一の身体が不安定に揺れ動き、次の瞬間、絶頂のうめきを迸《ほとばし》らせた。

「えっ？　ゆ、裕、くん？」

まさかこんな簡単に射精するとは思っていなかったのか、梨奈が驚きの声をあげると慌てた様子で強張りを解放し、呆然と弟を見つめていた。

「なにがお風呂に出してはダメよ。あんなに強くこすったら、出ちゃうに決まってるじゃない。あ〜あ、白いのが浮きあがってきちゃってる」

呆れたように梨奈に視線を送った里美がジェットバスのスイッチを切ると、水面に裕一の放出した精液がぷかりと浮かびあがってきた。

「ごめんなさい、お姉ちゃん。僕がちゃんと綺麗にするから」

「いいのよ、裕はなにも悪くないからね。お掃除はあとで三人でしましょうね。ふふっ、すごい、まだ、こんなに……」

射精をして恍惚となっている裕一が申し訳なさそうな顔をしたことに、里美は艶然と微笑み返し、いまだに勃起状態を維持しているペニスをそっと握った。

「あっ、お、お姉ちゃん……」

「ベッドに行きましょうか。お姉ちゃん、裕のこれ、すっごくほしいの」

逞しい肉槍を優しくこすりあげつつ、女子大生はチュッと弟の唇を奪った。

4

「き、綺麗だ。まさか、お姉ちゃんとリーねぇ、二人のあそこをいっぺんに見ることができるなんて、ゴクッ、いまだに信じられないよ」

ジャグジー内で一度射精してしまった裕一は多少の心の余裕を感じつつ、テント内のキングサイズベッドに横たわる美しすぎる二人の姉を見つめた。

ジャグジーからあがり、身体を拭いただけでベッドに横たわる美姉たち。向かって右に長姉の里美が、左に双子姉の梨奈が、それぞれ軽く膝を立てた状態で脚を開いていた。そのため裕一の視線の先には、人気女優とトップアイドルの秘唇が遮るものなく晒されていたのだ。

(もしかしてお姉ちゃんたちのあそこ、少し濡れてる？　僕のを触ってくれながら、エッチな気持ちになってくれていたのかな)

くすんだピンク色をしたひっそりとした佇《たたず》まいの里美の淫裂と、固く口を閉ざした透明感溢れる梨奈の秘唇。双方ともにうっすらと光沢を放っているのがわかる。その艶姿を見ているだけで、下腹部に張りつきそうな勃起が小刻みに跳ねあがり、張りつめた亀頭からは新たな先走りが滲み出る。

「ねえ、裕、イヤじゃなければ、少し舐めて。そうすれば、すぐにお姉ちゃんのここで裕のそれ、楽にしてあげるから」

里美はそう言うと、ほっそりとした両手を秘唇に這わせ、左右からくぱっと開いてみせた。鮮紅色も艶めかしい膣襞のうねり具合がまともに飛びこんでくる。

「も、もちろんだよ」

裕一はベッドにあがると、まずは女子大生の脚の間に腹這いとなった。白いシーツにペニスが接触し、そのなめらかな布地の感触にすら愉悦を覚えてしまう。

「ねえ、裕くん、私のも、お願いね。お姉ちゃんと違って、私のここ、裕くんにしか許したことないんだから。大切にして」

「りッ、リーねぇ……わかってる。リーねぇのことは本当に大事に……だから、少し待っていて」

経験のある姉に先を越され焦ったのか、裕一の気を引くような言葉を口にした梨奈が、潤んだ瞳を向けてきた。その悩ましくも可憐な姿態に、腰骨がゾワッとする。

「ずいぶんとイヤらしいこと言うじゃないの、梨奈。でも、まずは私からよ、裕」

「うん、わかってる。お姉ちゃんのここ、甘酸っぱいいい匂いが漂ってきてるよ」

女子大生のスラリとしつつも適度な肉づきの太腿を両手で抱きかかえるようにしながら、唇を媚臭漂うスリットに近づけていった。

「そうよ、裕に舐めてほしくて、甘い蜜を溢れさせているのよ。さあ、裕、お姉ちゃんを気持ちよくしてちょうだい」

艶めいた里美の言葉に引き寄せられるように唇を近づける。ムワッとした熱気が顔を襲い、鼻の奥がムズムズしそうな香りを嗅ぎつつ、ペロンッと秘唇を舐めあげた。

「あんッ、裕……」

美人女優の腰が小さく跳ねあがり、開かれていた脚が少しだけ閉じ合わされた。両頬を内腿で挟まれながら、チュパッ、チュパッと長姉の甘蜜を舐め取っていく。

(美味しい……。里美お姉さんのエッチなジュース、最初はやっぱりピリッとした感じがするのに、舐めていくうちにどんどん甘くなっていくよ)

里美の甘露にウットリとしつつ、裕一は懸命に舌を這わせた。尖らせた舌先をズブリッと膣口に突き立て、ヂュルッ、ヂュルッと肉洞内から甘蜜を吸い出していく。

「あんッ、裕……いいわ、素敵よ。もっと、もっと感じさせて。そうすれば、あとで裕のことも、たっぷりと気持ちよくしてあげるから」

艶腰をくねらせた里美が愉悦を伝えるように、両手で裕一の髪の毛をクシャクシャッとしてきた。さらに淫裂を弟の唇に押しつけ、さらなる快感を得ようとしてくる。

「裕くんが本当にお姉ちゃんのあそこ、舐めてるなんて……」

「あんッ、悔しいかしら。あの日だって梨奈が邪魔する前、裕は私のをたっぷり舐めてくれていたのよ」

上半身を起こし複雑そうな声をあげた双子姉に、長姉がさらなる挑発を仕掛ける。

「わ、私のだって、裕くん、舐めて、くれたもん」

（リーねぇ、完全にお姉ちゃんの挑発に乗っちゃってるよ。しょうがない僕が……）

たった一度しかセックスを経験していない初心《うぶ》な双子姉。〝ザ・美女〟の長姉がこれ以上、愛しい美少女にちょっかいを出さないよう、裕一は蜜壺から舌先を抜くと、今度は秘唇の合わせ目へと這わせた。里美がとても感じてくれるクリトリス、そのコリッとしたポッチを刺激していく。

「はンッ！　裕、そこはダメよ。そこ、お姉ちゃん、弱いの知ってるでしょう、あっ、あ〜〜ン……」

とたんに女子大生の腰が激しく跳ねあがり、両足がさらに閉じ合わされた。スベスベの内腿で顔が完全にサンドイッチされてしまう。その心地よさに裕一の腰も小さく揺れてしまい、勃起をシーツでこするかたちとなってしまった。その瞬間、ピクッと淫茎全体が胴震いを起こし、射精感が頭をもたげてくる。

（やっぱりだ。このコリッとしたポッチを舐めるとお姉ちゃん、すっごく感じてくれる。今日もいっぱい気持ちよくなってもらうんだ。でも、このままだと僕も……）

作戦成功に内心ガッツポーズをしながら、じゅるっ、ジュパッ、チュチュ……と、大きな艶音を立て、クリトリスを重点的に嬲りまわしていった。美人女優の細腰が断続的な痙攣に見まわれ、大量の甘蜜が淫唇から溢れ出し、裕一の顎を濡らしてくる。

「あ〜ン、裕、ダメ、ダメよ、このまま、イカせないで。最後は裕の硬いのでイキたいの。だから、梨奈を、うンッ、今度は梨奈のあそこ、舐めてあげて」

ビクン、ビクンッと腰を震わせる里美が裕一の髪をギュッと摑み、半ば強引に秘唇から顔が引き離されてしまった。

「ンぱぁ、はぁ、あぁ、お、お姉、ちゃん……」

「梨奈よ。今度は、梨奈のを舐めてあげて。そうしたら次は、裕のをお姉ちゃんの膣中で満たしてあげるから」

悩ましく上気した顔、ふっくらとした唇を悩ましく開いた女子大生が、淫靡に濡れた瞳をチラリと双子姉に向けてきた。

「わ、わかった」

三週間ぶりに見る女優姉の艶めかしいオンナの顔に生唾を飲み、裕一は身体を起こしあげると、隣で脚を開いてくれている梨奈の脚の間に移動した。

「す、すごい、裕くんの、さっきよりも大きくなってる」

膨張し赤黒くなっている亀頭に、美少女の不安げな目が向けられてくる。

「お姉ちゃんの舐めてたら、僕も出ちゃいそうになっちゃって……」

「怖かったらヤメテいいのよ。そうすれば、すぐに裕は私で気持ちよくなれるし」

テレビではけっして見ることができない悩ましい表情の里美も上半身を起こし、妹の両肩にそっと手を置き囁いた。

「べ、別に怖くなんてないわよ。私、裕くんのことは信じてるし。お願い、裕くん、お姉ちゃんのことも、気持ちよくして」

姉の挑発に頬を膨らませると、女子高生が愛撫を求め潤んだ瞳を向けてきた。その態度に里美が艶然とした微笑みを浮かべ、裕一に対して頷いてきた。

(里美お姉さんはリーねぇをわざと挑発して、恥ずかしさを緩和させているのか)

「もちろんだよ。リーねぇにもいっぱい気持ちよくなってもらうからね」

長姉の遠謀を感じた裕一は、大きく頷き返すと腹這いとなった。すると、またしてもシーツのなめらかさが感じられ、ピクッと腰が震えてしまう。

「あぁ、リーねぇのここも、すっごく甘い匂いがしてるよ。それに、とっても綺麗だ」

「あんッ、恥ずかしいよ。でも、本当に私のそこ、見せてあげるのは裕くんだけなんだからね。特別、なんだから」

「うん、感謝してるよ。リーねぇ」

恥ずかしそうにしながらもしっかりアピールもしてくる梨奈に頷き返し、裕一は固く口を閉ざした秘唇に舌を突き出す。チュッとキスをし、ペロッと舐めあげた。

「あんッ！　ゆっ、裕、くん……」

一瞬、双子姉のヒップがマットレスから浮きあがったのがわかる。

（あっ、リーねぇのほうが里美お姉さんより、ここの蜜、ちょっと甘さが強いんだ）

舐め比べしたことで判明した新事実。酸味のあとに甘みが襲ってくるのは姉妹共通であったが、その甘さの質が違っていたのだ。里美の淫蜜が、クセがなく上品でサラッとした甘さであるのに対し、梨奈のそれはシロップのような濃厚さがあり、舌先に残る感じがした。

チュッ、チュパッ、チュチュ……。優しく労るようにスリットを舐めあげていくと、女子高生の細腰が小刻みな痙攣を起こしはじめた。

（リーねぇには一回このまま……。そのほうが挿れるの楽だったりするのかな？）

梨奈の処女を奪ったとき、狭い肉洞から強い抵抗があっただけに、一度絶頂に導いたほうが弛緩して挿入しやすいのではないか、そんな考えが脳裏をよぎる。

「あぁん、裕ったら、私のより梨奈に対するほうが丁寧なんじゃないの」

背中に回りこんできている里美が肩越しに股間を見おろし、からかうような言葉を投げ掛けてきた。背中には姉の豊かな膨らみの弾力がありありと感じられ、お互いに全裸ということもあり、おかしな気分を助長してくる。

（裕くんにあそこ舐められているのを、お姉ちゃんにこんなにしっかり見られるなんて、とんでもなく恥ずかしいよ）

裕一が優しく舐めてくれる秘唇からの快感。その気持ちよさに身体全体が溶かされそうになるなか、姉に痴態を凝視される羞恥が加わり、全身が熱くなってくる。

「はぅン、裕くんにとって、お姉ちゃんより私のほうが、大切ってことでしょう」

ここで気弱なことを言えば、再び姉の術中に嵌まってしまう可能性もあると感じた梨奈は、先ほどとは逆にあえて挑発の言葉を口にしていた。

「あら、裕にクンニしてもらって、急に自信でもついたの、梨奈」

耳元で囁きかけてきた女子大生の両手が、後ろから前にまわされ、お椀形の美乳に被せられた。そのまま優しく円を描くように揉みこまれる。

「あんッ、お、お姉、ちゃンッ。ダメ、そんな……」

ほっそりとした指先で双乳を捏ねられると、痺れるような喜悦が駆けあがった。

「いやらしいオッパイね。アイドル歌手がこんな大きな胸をユサユサ揺らしながらパフォーマンスしてるなんて、ファンはたまらないでしょうね。いっそグラビアに転身しちゃいなさいよ。そうすれば、このいやらしい身体、存分に見てもらえるわよ」

「変なこと、言わないで。胸、目立たないように気をつけてるんだから。それに、オッパイならお姉ちゃんのほうが私より、うンッ、ダメ、そこ、摘まないで……」

スタイルのよさは自慢であるが、アイドルとしては胸が目立ってしまうのはあまり嬉しいことではなかった。そのため、姉が本気で言っているとは思っていないが、つい反論が口をついてしまう。直後、女子大生の指先が球状に硬化していた乳首を挟みつけ、クニクニッと弄《もてあそ》んできた。刹那、脳天に鋭い喜悦が突き抜け、腰が震え、弟の唇に大量の淫蜜を押し出してしまった。

「私は胸が大きいことにコンプレックスないもの。それに、着痩せするタイプだから普段はあまり目立たないし。なにより、可愛い裕が喜んでくれるのが嬉しいわね」

「はンッ、私も裕くんが褒めてくれるのは嬉しいけど……あんッ、ほんとダメ……」

「ンぱぁ、すっごい、お姉ちゃんがリーねぇの胸を……ゴクッ、僕も負けないよ」

いったん秘唇から唇を離した裕一が、上気した顔で美人姉妹を見あげると、再び股間に顔を埋《うず》めてきた。そして今度は、舌先が秘唇の合わせ目にのばされた。

「キャンッ、裕くんも、イヤ、そ、そこは……」

包皮から頭だけを覗かせている小粒な淫突起。その敏感なポッチがぬめった舌先で舐めまわされた瞬間、強烈な快感に襲われた。敏感な三つの突起を同時に刺激された梨奈の全身に小刻みな痙攣が襲いかかり、頭が真っ白になりかける。

「裕、ダメよ、イカせては。そのくらいにしておきなさい」

「えっ⁉」

「で、でも、お姉ちゃん……」

里美の言葉に梨奈が意外そうな思いを抱いたのと同様、裕一も淫裂から顔をあげると、長姉の真意を探るような目を向けてきた。

「簡単にイカせちゃったら、つまらないでしょう。それに、そろそろ裕も限界なんじゃない？　ふふっ、実はお姉ちゃんもね、あそこのウズウズがたまらないのよ。だから最後は裕の硬いので、ねッ。ほら、裕、来て」

女子大生は梨奈の双乳から手を離すとそのまま横に移動し、弟に双臀を向けるかたちで四つん這いとなった。豊かな膨らみがさらに量感を増し、ぷるんっと悩ましく揺れ動く。裕一の目には姉の淫裂が丸見えになっているに違いない。

「あぁ、お姉ちゃん……」

梨奈の脚の間から身体を起こしたあげた裕一。その股間ではパンパンに張りつめた亀頭が、先ほどよりもさらに大きく、赤黒くなっていた。

「う、嘘……そんなに大きく、なるものなの」

（やだ、この前よりも大きくなってるような……。でも、あんなに大きくしたモノを私、この前を迎え入れちゃったんだわ。あんッ、すっごく中途半端にあそこがムズムズしてる……。こんなの、私、耐えられないかも）

破瓜《はか》を迎えた瞬間の痛みと、じんわりとこみあげてきた愉悦を思い出し、ぶるっと腰が震えてしまう。同時に、絶頂間近まで追いつめられた肉体が敏感に反応し、再びの刺激を求めた膣襞が控えめにざわめきはじめた。

「ふふッ、裕、いらっしゃい。梨奈が固まっているうちに、お姉ちゃんの膣中でたっぷりしごいてあげるわ」

「うん、お姉ちゃん」

妹が裕一の強張りの逞《たくま》しさに固まっている間に、里美は右手を股間から後ろに突き出した。すると裕一がチラッと梨奈に視線を送りつつ、里美の真後ろで膝立ちとなった。右手に握った強張りを女子大生に託してくる。

「あんッ、硬いわ、裕。すぐよ、すぐにお姉ちゃんのあそこでいっぱいしごいてあげるから、もうちょっとだけ我慢して」

優しくペニスを握りこんでやると、その熱さと硬さが強烈に感じられた。その逞しさに腰骨を震わせつつ、里美は強張りを膣口へと導いていった。

「ンはっ、お、お姉、ちゃん……」

「もうちょっとだけ耐えて」

狂おしげな声をあげた裕一の両手が、女子大生の細腰を摑んでくる。右手に握る肉槍も小刻みに跳ねあがっており、絶頂の近さを感じさせた。それに多少の焦りを覚えつつ、里美は張りつめた亀頭を濡れたスリットに引き寄せていく。

「お姉ちゃん、ほんとに裕くんとまた……」

「当然でしょう。そのためにここに来たんだから」

立ち直ったらしい妹の言葉に頷き返し、さらに硬直を淫裂に近づける。直後、チュッという接触音が起こり、またしても美人女優の腰が震えてしまった。

「おっ、お姉ちゃん」

「待ってね。ほんとにすぐだから……はンッ！　ここよ、そのまま腰、うぉッ！　あっ、あ〜〜ン、来てる！　裕の硬いのがまた、膣奥まで一気に……」

ンヂュッというくぐもった音を立て、亀頭が膣口に入りこんだ次の瞬間、言葉の途中で弟はグイッと腰を突き出してきた。逞しい肉槍で狭い膣道が圧《お》し拡げられ、膣襞が張り出したカリ首で強くこそげられると、里美の脳天を鋭い悦楽の瞬きが襲った。

「くぅう、挿った。また、お姉ちゃんの膣中に……あぁ、ウネウネがエッチに絡みついてきて、やっぱりすっごく気持ち、いい……」

「あぁん、お姉ちゃんもいいわ。やっぱり裕のオチ×チン、とっても、いい。ねえ、動いて。腰を振って、お姉ちゃんの膣中でもっといっぱい気持ちよくなって」

突き出した双臀を悩ましく左右に振って、律動の催促をしていく。

「あぁ、お姉ちゃん、おねぇ、ちゃンッ……」

女子大生の細腰を摑む両手に力をこめた裕一が、かすれたうめきをあげながらゆっくりと腰を前後に動かしはじめた。瞬く間にヂュッ、グヂュッと粘つく相姦音が起こり、張りつめた亀頭が柔襞をしごきあげてくる。

「はンッ、そうよ、上手よ。お姉ちゃん、裕の硬いのでこすられると、すぐに……」

弟のペニスが肉洞を往復するたびに、里美の背筋には快感が駆けあがり、眼窩に悦楽の瞬きが襲いかかっていた。

（ほんとになんで裕とのエッチ、こんなに気持ちいいのかしら。テクニックもなにもなく、ただ腰を振ってくるだけなのに、裕ので膣中こすられると、それだけで全身が

痺れちゃう）

先ほどのクンニで絶頂間近まで押しあげられていた影響もあるのだろうが、裕一とのセックスは、元カレとでは味わうことができなかった悦びを与えてくれるのだ。

「裕くんのが本当にまたお姉ちゃんのあそこに……。ねえ、そんな顔が蕩けちゃうほどお姉ちゃんのあそこ、気持ちいいの？」

「りッ、リーねぇ、そんなじっくり見ないで……。でも、気持ちいいよ。お姉ちゃんの膣中、締まりも強くて、エッチなヒダヒダでこすられると、すぐにでも、あぁ……」

「あんッ、すっごい、裕のがまた膣中で大きく……。出ちゃいそうなのね？　いいのよ、我慢しないで、またお姉ちゃんの膣奥に、裕の熱いのいっぱい注ぎこんで。それにオッパイも触っていいのよ。好きでしょう？　お姉ちゃんの大きなオッパイ」

「うん、大好きだよ」

艶顔を後ろに向け微笑んでやると、弟の喉がゴクッと音を立てた。直後、少年の両手が腰から離され、上半身を背中に覆い被せてくる。両手が前方に突き出され、律動に合わせて揺れ動いていた円錐形の美巨乳に這わされた。ムニュッ、モニュッと量感を堪能するように、膨らみが捏ねあげられていく。

「あんッ、裕……はぁ〜ン……」

「くぅぅ、気持ちいい。お姉ちゃんのオッパイ、柔らかいのに弾力も強くて、はぁ、それに、モミモミするたびに、膣中がキュンキュンしてるよぅ」

「感じてるのよ。裕に触られて、お姉ちゃんの全身が悦んでるの。あぁん、そのまま、来て！　裕の熱いミルクでお姉ちゃんを蕩けさせて」

「おぉぉ、お姉ちゃん！」

弟が双乳を愛おしげに捏ねあげつつ、小刻みに腰を振りはじめた。短いストロークで蜜壷をこすられると、それはそれでたまらない快感が全身を伝播していく。

「お姉ちゃんがこんなエッチだったなんて……。それも弟相手に、こんなに……」

「だって、裕とのエッチ、本当にいいんですもの。梨奈はいいのかしら、このまま私が独占しても。お互い独占はしないって約束だったけど、はンッ、あなたが不戦敗を選んだのなら、この子は私のモノよ」

迫りくる絶頂感に身体を震わせながら、里美は姉弟セックスに圧倒された様子の妹に凄艶な微笑みを送りつけた。

「さっき言ってた『約束』ってそういうことだったんだ」

「ええ、そうよ。でも、梨奈はその気ないみたい。だから今夜は一晩中、お姉ちゃんの身体で楽しんでちょうだい。裕だけよ、女優・桂木里美の身体に好きなだけ欲望をぶつけられるのは」

「あっ、あぁ、締まる、お姉ちゃんの膣中、さらにキツく……。はぁ、そんなにされたらほんとに僕すぐに出ちゃうよ」

「はンッ！　嘘でしょう、さらに大きく……あぁん、それ以上大きくされたら、お姉ちゃんのあそこ、裂けちゃいそうよ」

里美が意図的に肉洞をギュッと締めたとたん、それに反抗するように裕一のペニスが跳ねあがり、さらにその体積を増したのが膣襞越しにありありと伝わってきた。

（本当に裕、限界が近いのね。でも、私はもう少し……。このままじゃいっしょにイケそうにはないわね）

「待って、裕くん！　わ、私にも、裕くんの硬いの、ちょ、ちょうだい」

姉と弟が二人の世界に入り、置いてけぼりを食らうことを恐れたのか、梨奈が慌てたように里美の隣で四つん這いとなった。

「えっ！　リーねぇ……ゴクッ」

驚きに腰の動きを止めた弟が、あらわとなった梨奈の股間を凝視している。

「き、来て、裕くん。私もさっきので中途半端に……。だから、お願い。私のここは裕くん以外、知らないんだから」

羞恥に顔面を真っ赤に染めた女子高生が、震えた声で不器用に裕一を求めていた。

「裕、一回、梨奈の膣中に行ってきなさい。なんなら、出しちゃっていいから」

「お、お姉ちゃん？」

「梨奈の膣中でスッキリしてから、もう一度お姉ちゃんとたっぷり楽しみましょう」

(私、性格悪ッ。裕を一度射精させて、リセットしてから楽しもうとしている)

妹の健気《けなげ》さに打たれた部分も確かにあるが、それ以上にオンナとしての快感を欲《ほっ》する肉体が、弟とのエッチをさらに長く楽しみたいという打算もあったのだ。

「わ、わかった。お姉ちゃんが、そう言うなら」

裕一は頷くと両手を再び腰に戻し、ゆっくりとペニスを引き抜いてきた。逞しい肉槍が失われていく感覚に、寂しさを覚えてしまう。

「り、リーねえ、ほんとに、いいの？」

姉の肉洞から強張りを引き抜いた裕一が、梨奈の真後ろへと移動してきた。

(すごい、裕くんの、あんな赤黒く……それに、あんなに大きくなるなんて。絶対、この前のよりも大きいよ。本当に大丈夫かな)

先走りと里美の愛液でたっぷりと濡れ、卑猥な光沢を放つペニス。誇らしげに裏筋を見せつける肉竿に、処女喪失の一度しか経験のない梨奈の心に恐怖が芽生える。

「そんな顔を引き攣らせたら裕が可哀想じゃないの。大丈夫よ、裕は優しい子だから、素直に身を任せなさい」

「お、お姉ちゃん……」

悩ましく上気した顔で優しく囁きかけてきた姉に不安そうな顔を向けた梨奈は、頷き返してくる里美にふっと身体の力が抜けていった。

「リーねぇ、大丈夫？」

「うん、大丈夫だよ。でも、優しくだよ。私、あの一回しか経験、ないんだから」

「わかってるよ」

「裕、場所、わかるわね」

「うん、リーねぇの、ほんのちょっとだけ口、開けてるから、大丈夫だと思う」

「やだ、裕くん。恥ずかしいから、そんなこと言わないで」

弟の言葉に全身が燃えるように熱くなり、一気に恥ずかしさがこみあげてきた。

「ごめん、リーねぇ。じゃあ、あの、イクよ」

裕一の左手が深く括れた腰を摑んでくる。その手のひらの熱さにすら腰が震えてしまった。その直後、たっぷりと濡れたスリットに亀頭がチュッとキスをしてきた。

（あっ、また、来る！）

そう感じた直後、双子の弟がグイッと腰を突き出してきた。

「ンがッ！　あぅ、あッ、あぁぁぁぁぁ……」

（あぁん、やっぱり、これ、前のときより、大きいよ）

声にならないうめきが、喉の奥から絞り出されていく。男性器にまったく慣れていない肉洞がメリメリッと左右に圧し拡げられる。処女を失ったときのような痛みはないが、強烈な異物感に両目が見開かれ、涙がツーッと頬を伝い落ちた。

「くぅ、はぁ、キ、キッツい……」

梨奈と同じように絞り出すような声をあげた裕一が右手も腰に這わせつつ、根元まで強張りを圧しこんでくる。

「落ち着いて、梨奈、大丈夫だから、深呼吸して。裕、まだ、動いてはダメよ」

「わ、わかった。ンぐっ、はぁ、ほんとにリーねぇの膣中、すっごくキツくて、僕のが潰されちゃいそうだよ」

姉の気遣いの言葉と、弟のかすれたうめきがどこか遠くから聞こえてくる感覚があった。それでも、小さな深呼吸を数回繰り返すと、徐々に全身の緊張が解けていくのがわかる。しかし、肉洞を襲う異物感はそのままだ。

「はぁ、あんッ、ハア……うぅン、裕くんの、初めてのときよりも大きく感じる」

「うふっ、それ、気のせいではないわよ。私も、同じこと感じたから」

「だって綺麗なお姉ちゃん二人といっしょなんて初めてだから……。ごめんなさい」

「別に責めてないわ。素敵って話よ。さあ、裕、もう大丈夫だろうから、ゆっくり動いて、梨奈のこと、イカせてしまいなさい。そうしたらまた次はお姉ちゃんと、ねッ。お姉ちゃんはまだイケてないってこと、忘れないでね」

裕一の言葉に女優姉は優しい微笑みを浮かべ、弟の横へと移動していった。首を動かし様子を見ていると、里美がチュッと少年とキスをした。その瞬間、蜜壺内の強張りがビクンッと跳ねあがり、さらに体積が増したのがわかる。

「あんッ、嘘、裕くんの、さらに、大きく……」

「イクよ、リーねぇ。ゆっくり、動かすからね。キツかったら言って」

括れた腰を摑んだ裕一がかすれた声をあげ、ゆっくりと腰を動かしはじめた。

グジュッ、ンヂュッと瞬く間に粘つく性交音が奏でられ、いきり立つ肉槍がこなれていない膣道を往復していく。

「ンかッ、はッ、あっ、あぁ……ゆ、裕、くン！　あぁ、うぅん、す、すっごい……

お腹の中、ゴリゴリされると、頭の中が痺れちゃうぅ」

張り出したカリ首が若襞をしごきあげるたびに、鋭い快感が突き抜けていた。ひと突きごとに、脳の回線がショートさせられていくような感覚。視界がぼやけ、両手でシーツを握ってこの場に繋ぎ止めていなければ、自分を見失ってしまいそうだ。

「はぁ、き、気持ちいい。リーねぇの膣中、ほんとにキツキツで、細かいヒダヒダがギュウギュウ僕のをこすってきてるよ」

「あぁん、私もよ。私も、裕くんの硬いのでズンズンされると、身体全体が蕩けちゃいそうだよ」

「あぁ、リーねぇ、好きだよ」

裕一からの何度目ともしれない告白に、胸の奥がキュンッとさせられた。直後、膣内の異物感が若干弱まり、それまでよりも強い悦楽がそれに取って代わった。

(えっ? なに? 急に膣中からの感覚が鋭く……。気持ちよさが大きくなってる。「好き」って言われて、さらに身体が裕くんを受け入れたってこと?)

「裕、もう少し強くしても大丈夫よ。裕ももう限界でしょう? 梨奈の膣奥に熱いミルク、解放しちゃいなさい」

「うん、わかった、お姉ちゃん」

妹の精神的な変化を敏感に感じ取ったのか、姉が弟に妖しい囁きをもたらしていた。それに反応した裕一が、腰の動きを加速させてくる。

ギュチュッ、グチュッ……卑猥な相姦音がさらに大きくなり、強張りがいっそう速く蜜壺を往復していく。さらに弟の腰が女子高生のヒップにパンッ、パンッと乾いた音を立てぶつかってくる。

「あんッ！　はッ、あっ、あぁ～ン、うぅ、あぁ、ゆっ、裕、くンッ、はぁ……」

鋭い喜悦が断続的に背筋を駆けあがり、突き抜けていった。逞しい律動に腰が小刻みな痙攣に見まわれ、頭がポーッとしてくる。

(初めてのときより、気持ちよさが鋭いかも。もしかして私も膣中でイクッていう感覚、味わえるの？)

初体験のときも気持ちよさを感じはじめてはいたが、絶頂に至る感覚はなかった。しかしいま、身体全体が性感帯となったかのように、こみあげる未知なる快感にゾクゾクしていた。

「くッ……あぁ、気持ちいいよ、リーねぇ。僕、ほんとにもう出ちゃいそうだ」

「いいわよ、裕。たぶん梨奈ももうすぐ……。だから、そのままラストスパートをかけて、我慢せずに出しちゃいなさい」

「えっ、ちょ、ちょっと、お姉ちゃん」

「うふっ、手伝ってあげるわ」

勝手に膣内射精を許可する姉に潤んだ瞳を向けると、驚くほどに美形な人気女優は、テレビではけっして晒すことのない凄艶な微笑みを浮かべてきた。そして、右手を梨奈の右乳房に被せると、その先端で硬化していた乳首をコリッと摘まんできたのだ。

「はンッ！　お、お姉、ちゃん……」

まったく予期せぬ快感に、全身がビクンッと激しく震えてしまった。視界が一瞬白くぼやけ、絶頂感がさらに近づいてきたのがわかる。

「ンごっ、あぅ、う、嘘、さらにキツく……。リーねぇの締めつけが強くなったよ」

裕一にとっても里美の行動は想定外だったのだろう。絞り出すようなうめきをあげ、数瞬、律動が弱まった。そして、締めつけを強めた肉洞に抗《あらが》うように強張りが胴震いを起こし、その体積がいっそう増してきてもいた。

「ダメ、裕くんそれ以上は、うンッ、私のあそこ、本当に裂けちゃうよぅ……」

肉洞が強引に拡げられる感覚に、梨奈は本気で身体が裂かれるような思いがした。

「ごめん、リーねぇ。でも、ほんと、膣中、キツキツで……はぁ……」

「裕、そのままつづけるのよ。腰を動かして、梨奈にこすりつけなさい」

なにかに耐えるような裕一の声に、姉が律動の再開を促していく。すると弟は再び腰を振りはじめた。瞬く間に禁断の摩擦音が起こり、細かな肉襞が強張りによってしごきあげられる。

「あぁん、裕くん、ゆう、くン……」

「おぉぉ、出すよ、リーねぇの膣奥にこのまま……あぁ……」

「うん、いいよ、来て。そのまま、膣奥に裕くんをちょうだい」

「えっ！　ほんとにいいの？」

「うん、約束どおり。私の初中出し、裕くんにあげる。だから、いいよ」

「おぉぉ、リーねぇ、リー、ねぇッ……」

裕一の律動がさらに激しくなった。粘つく性交音が大きくなり、双臀に腰が叩きつけられる、パン、パンッという乾いた音も、その間隔を一気に短くしてきた。

「あんッ、は、激しい、ゆ、裕くん、ヤダ、それ、うンッ、強すぎるよ」

激しい突きこみに、子宮が前方に押し出され、鋭い淫悦が膣襞から直接快楽中枢に伝わってくる。思考が鈍化し、眼窩《がんか》に光の明滅が繰り返される。

「そのまま身を委ねるのよ、梨奈。そうすれば……」

すぐ横にいるはずの里美の声が再び遠くから聞こえてきていた。直後、右手の指で乳首を悪戯していた姉が、空いている左手を秘唇の合わせ目へとのばしてきた。控えめに存在を示していたクリトリスが、左中指の腹で優しく転がされる。

「ぐはぅ、あぅ、あッ、あぁ、ダメ、お姉ちゃんまでそんな……あぁん、おかしくなる。裕くんの硬いので膣中こすられながらそこまで触られたら、私、わたし……」

「締まる！　またいちだんと……。出る！　ほんとに、もう、でッ、出ッりゅぅぅッ！」

ズンッとひときわ力強く腰が突き出された次の瞬間、膣内の亀頭が腫れあがり、弾けた。ズビュッ、ドビュッと迸り出た欲望のエキスが、猛烈な勢いそのままに子宮に襲いかかってくる。

「あんッ、あッついぃ……はぁ、イクッ！　わ、私もう、あっ、はぁ〜〜〜ンッ！」

ガクガクと全身に痙攣が走り、一瞬にして頭が真っ白になった。初めて味わう絶頂痙攣。全身が四分五裂し、それぞれが悦びにのたうちまわっているような感覚。

（これがイクッてこと？　裕くんに……弟に精液、ナマで出されてそれで……）

白濁液の熱さを胎内に感じつつ、梨奈はグッタリと突っ伏していくのであった。

「うわっ、あぁ、お姉ちゃん、ちょっと待って……。僕、出したばっかりだから」

大量の白濁液を双子の姉の子宮に放った裕一は、梨奈の横で大の字になっていた。その股間を、いまだ半勃ち状態を維持している粘液まみれの淫茎を、長姉の里美が艶めかしい朱唇で咥えこんでいた。

射精直後で敏感になっているペニスが、美しすぎる女子大生の唇でこすりあげられていく。ピク、ピクッと腰が小刻みに跳ねあがり、再び最大限にいきり立つ。

「ンぱぁ、はあ、ごめんね、裕。でも、お姉ちゃんも、もう、限界なの」

強張りを解放してきた里美が、今度はそのまま裕一の腰をまたいできた。

「お、お姉ちゃん……」

（お姉ちゃんの顔、すっごく色っぽい。それにお姉ちゃんのあそこ、あんなにエッチに濡れて口を開けてるなんて……。それだけ我慢させちゃったんだ。〝女優・桂木里美の秘密の相手〟になるって約束したのに、そのお姉ちゃんをないがしろに……）

恍惚顔で見あげた先には、普段はひっそりとしている秘唇が物欲しげに口を開けていた。漏れ出した蜜液で内腿がテカっており、里美の昂《たかぶ》り具合を伝えてきている。それを見た瞬間、自身の欲望ばかりを満たしてしまった罪悪感がこみあげてきた。

「ほんとにごめんね。こんなエッチなお姉ちゃん嫌いかもしれないけど、でも……」

裕一の腰の脇に膝をついた女子大生の右手が、天を衝く屹立をやんわりと握りこんでくる。ゾワッと腰が震えた直後、早くも亀頭が濡れたスリットと接触した。

「んッ、はぁ、そんなことないよ。エッチなお姉ちゃんも僕、大好きだよ。それに、こんなお姉ちゃんを見られるのは、僕だけの、弟の特権なんでしょう？」

「嬉しいこと言ってくれるのね。そうよ、裕だけの特権。だから、存分に楽しんで」

凄艶な微笑みを浮かべた美人女優が、一気に腰を落としこんできた。グヂュッと粘つく淫音をともなって張りつめた亀頭が膣口を圧し開き、そのまま埋没していく。

「ンはっ、あぁ、くぅ、おぉぉ……は、挿った。僕のがまた、お姉ちゃんの膣中に……。あぁ、気持ちいい。エッチなウネウネがすぐに絡みついてきてるよぅ」

生々しい女肉に咥えこまれた強張りからは、すぐさま悦楽が伝わってくる。清楚な長姉の印象を裏切る、ペニスを絞り尽くそうとする膣襞の卑猥な蠢き。その蕩けるような快感に裕一は一瞬にして呑みこまれていった。

「はンッ、いい……。裕の、私にピッタリ嵌まってきてる。ねえ、動いてもいい？」

「もちろんだよ。僕は〝桂木里美の秘密の相手〟だもん。お姉ちゃんの好きにして」

「ふふっ、そうだったわね。でもね、裕。あなたも桂木里美の身体を好きにできる唯一の男なんだから、この身体、好きに使っていいのよ。ほら、まずは両手をここに」

ゆっくりと腰を上下に動かしつつ、艶めかしい表情を浮かべた里美が裕一の両手を摑み、そのまま腰の動きに合わせて悩ましく弾む双乳へと誘ってくれた。

「あぁ、お姉ちゃん……。やっぱりお姉ちゃんのオッパイ、たまらなく気持ちいい」

手のひらからこぼれ落ちる肉房の感触に恍惚感が高まっていく。

「裕のモノよ。裕だけの……。あんッ、いっしょに、気持ちよくなりましょうね」

柔らかく弾力も強い乳肉を捏ねあげていくと、眉間に悶え皺を寄せた美姉の腰の動きが本格化しはじめた。ヂュチュッ、グチュッと禁断の相姦音を奏であげ、ペニスが締まりの強い蜜壺でしごきあげられていく。

「くッ、あぁ、お姉ちゃん、お姉、ちゃンッ……」

(ヤバイ、このままじゃ、また、僕だけ……。お姉ちゃんに気持ちよくなってもらわなきゃ、イケないのに……)

この日三度目の大噴火を目論《もくろ》む欲望のマグマが、早くも発射態勢を整えていた。迫りあがる射精感をやりすごし、裕一は腹筋に力をこめ、グイッと上半身を起こした。

「あんッ、裕?」

「お姉ちゃん、僕、頑張るから。絶対、お姉ちゃんにも気持ちよく、リーねぇみたいになってもらうから」

突然の弟の行動に驚いたのか、裕一の首に両手を絡めギュッと抱きついてきた女子大生に、快感に顔を歪ませつつ隣で横たわる美人アイドルに視線を送った。

梨奈は意識こそあるようだが、いまだ夢幻の境地をさまよっているのか、視線が定まっていない様子で、マットレスに突っ伏したままだ。

「うふっ、期待しているわ」

艶めかしくも優しい笑みを浮かべた里美が、そのまま唇を重ね合わせてきた。少し精液の生臭さの残るふっくらとした唇。だがその風味すら、いまの裕一には媚薬であった。突き出された舌に己《おのれ》の舌を絡みつかせていく。

(あぁ、お姉ちゃんの唾液、とんでもなく甘いよ。この唾も全部、僕のモノだ)

艶めかしいオンナの顔を晒して高校生の弟と唾液交換をしている美人女優。テレビを点《つ》ければ必ずと言っていいほど、里美が出演しているCMに出くわす。たぐいまれな美貌に絶品スマイルを浮かべ商品の宣伝をしている姉。お茶の間を虜《とりこ》にする美しさの女子大生を独占する優越に、裕一は身を蕩けさせつつ右手で長姉の左乳房を揉みあげ、ズンズンッと腰を突きあげていった。

「うンッ、はぁ、素敵よ、裕。もっと、もっとお姉ちゃんを感じさせて」

「もちろんだよ」

上気した顔で見つめ合い、再び唇を求めた裕一は右手で豊乳を揉みこみつつ、左手を姉のなめらかな背中にまわすとそのまま里美を押し倒していった。

「ンぱぁ、あんッ、裕？」

「感じて。僕、お姉ちゃんに絶対気持ちよくなってもらうから、だから……」

　驚き顔となった姉にかすれた声で返した裕一は、今度は自分から積極的に腰を動かしはじめた。たっぷりとぬかるんだ蜜壺を、猛る肉槍で何度も突きこんでいく。卑猥な摩擦音が大きくなり、うねる膣襞に弄ばれるペニスには一気に射精感が襲いかかってきた。悦楽に目の前がチカチカとしはじめ、美しい姉の顔が少しゆがんで見える。

「あんッ、裕、うんっ、そうよ、上手よ、あぁ、素敵。もっと、もっとちょうだい、もっとお姉ちゃんを裕だけのモノに。はンッ……」

「くはぁ、イッて！　お姉ちゃんのオマ×コ、気持ちよすぎるから、もう保《も》たないよ。だから、ぐっ、先に……」

　急速に迫りあがる射精感と懸命に闘いながら、裕一は腰を振りつづけた。

「いいのよ、出して。我慢できなかったら、出していいの。だって、夜ははじまったばかりなんだから」

　凄みすら感じる色気を放つ里美に全身を震わせながら、裕一はラストスパートの律動を繰り出していくのであった。

エピローグ

『楽しそうですね。二人ともニッコニコじゃないですか』

『姉弟《きょうだい》三人で泊まりがけで出かけるなんてことなかったので、楽しかったですよ』

番組MCを務めている人気芸人の言葉に、里美が美しい微笑みで答えている。

「これが、あの日、写真を使うって言っていた番組？」

「そうよ、翌週にあった収録」

七月下旬の平日の夜。裕一は代官山にある長姉の住むマンションに来ていた。リビングに置かれた三人掛けのソファの中央に座り、右隣に座る里美といっしょにトークバラエティ番組を見ていた。二人ともすでに入浴を終え、パジャマ姿である。

テレビ画面には、七月初旬のグランピングの際に撮影した美人姉妹の写真が映し出されていた。天然芝でポーズを取っているものやバーベキューを楽しんでいるもの、テント内でくつろいでいるもの、そして花火をしている姿など様々だ。

「あぁ、気持ちよかった。あっ、もうはじまってるんだ」

直後、入浴を終えた梨奈もリビングへと戻ってきた。この日、双子は長姉のマンションにお泊まりすることになっていた。すでに夏休みに入っている裕一は、里美に合い鍵を渡されていたため夕方にはマンションに着いており、美人女優は仕事を終え午後七時前に帰宅。そして、劇場ライブを終えた梨奈がやって来たのが三十分前だ。

「まだ十分くらいよ。いちおう録画しているから、あとで見直してもいいけど」

「ウチでも録画してるんだよね、裕くん」

「うん、もちろん。お母さんも帰ったら見るって言ってたし、予約はしてきたよ」

左隣に腰をおろした梨奈の問いかけに、裕一は頷き返した。この日、母の静子は海外とのリモート会議のため、会社近くのホテルに泊まることになっていた。

『ウッドデッキにジャグジーがあるように見えるんですけど、入られましたか?』

『水着を着て三人で入りましたよ。開放感もあってすごく気持ちよかったです』

アシスタントの女性アナウンサーの問いかけに、今度は梨奈が笑顔で首肯した。

「梨奈って嘘つきね。水着なんて着てなかったじゃない、ねえ、裕」

右隣の女子大生がグイッと身体を寄せるようにして囁いてきた。すると、右腕に美人女優の豊乳の感触が伝わり、背筋と股間がビクッと反応してしまう。

「双子の弟と裸で入りましたなんて、言えるわけないでしょう。ねえ、裕くん」

姉に対抗するように、今度は左隣のトップアイドルが身体を寄せてくる。風呂あがりでまだ火照った肌の感触が、こちらも悩ましく伝わってきた。

「ま、まあ、それは、リーねぇの言うとおりだと思うよ」

左右の腕に感じる美人姉妹の乳房に反応し、早くも屹立してしまったペニス。両腕を姉たちに押さえられているため、楽な位置に調整することもままならない裕一は、上ずった声で返していった。

『ちなみにそのときの写真は？』

『ありません。弟は「撮る？」って聞いてくれたんですけど、撮ったらここに出すことになるなと思い拒否しました。プライベートの水着姿は公開したくなかったので』

男性MCの問いに、今度は苦笑混じりに里美が答えている。

『ということは、弟さんだけが、桂木里美とリーナの水着姿を堪能したと』

『堪能したかどうかは知りませんけど、そうなりますね』

『こりゃあ、ネットで弟はまた嫉妬の対象にされるな』

わざとらしいMCの言葉に、笑い声の効果音が演出された。

「水着なんかより、もっとすごいものを見て、堪能してるものね、裕は」

里美が耳元で囁くと、右手を裕一の股間に被せてきた。パジャマズボンの上から強張りを優しく撫であげてくる。

「うわっ、お、お姉ちゃん……」

「ふふっ、すっごい、もうこんなに硬くして。そんなに今夜のお姉ちゃんとのエッチ、楽しみにしてたの？」

「ちょっとお姉ちゃん、抜け駆けしないでよ。裕くんも、デレデレしない」

左隣の梨奈がふて腐れたように、裕一の腕をパシンッと軽く叩いてきた。

「べ、別に、デレデレしているつもりは……」

「いいのよ、裕。だって、この日以来ですものね、お姉ちゃんとエッチするの。ふふっ、私はけっこう楽しみにしていたのよ。梨奈とは、あのあと何回くらいしたの？」

チラリとテレビ画面を一瞥してから、再びこちらに視線を向けてきた女子大生の悩ましい微笑みに、頬が一気に熱くなる。

「な、何回って、あの、い、一度、だけ」

「はぁッ!? 梨奈、あなたなに、この三週間近い間に一度しかしてあげてないの？」

「し、仕方ないでしょう。ウチにはママがいるんだから」

「そうだよ、お姉ちゃん、別にリーねぇが僕に意地悪しているとか、そういうんじゃないから。お母さんが今日みたいにリモート会議で家に戻ってこないとわかっている日が一日だけあって、その日の夜にはちゃんと……」

呆れたような視線を妹に送った里美に、裕一は双子の姉を庇《かば》う言動で援護した。

「そういうことなら、仕方ないか。今夜は思いきり気持ちよくしてあげるわね。久しぶりにオッパイでしてあげようか？　裕、お姉ちゃんのオッパイ好きでしょう？」

納得したように頷いた長姉が、からかうようにさらに胸を押しつけてきた。豊かな双乳の谷間に二の腕が挟みこまれるかたちになってしまう。その柔らかく弾力ある膨らみの感触に、ペニスが跳ねあがった。同時に先走りが鈴口から漏れ出し、下着の内側にシミを作りはじめていく。

「うはッ、お、お姉、ちゃん……」

「すっごい、裕のさらに大きくなったわよ。そんなにオッパイでしてほしいの？」

妖しく勃起を撫でまわし囁かれると、それだけで骨抜きにされてしまいそうだ。

「お、オッパイでって、お姉ちゃん、そんなことまでしてあげてるの」

「当たり前じゃない。裕のこれでたっぷり気持ちよくしてもらうんですもの。いくらでもしてあげるわ。って言うか、あなた、本当にされるばっかりでなにもしてあげてないのね。いいのよ、裕、今夜はお姉ちゃんがいっぱい甘えさせてあげるからね」

梨奈の驚きに里美が当然だと言わんばかりの顔で答え、さらにしっかりと挑発までしていく。

「お姉ちゃん、そんなに強くこすらないで、じゃないと、僕……」

女子大生の淫猥な指の動きにペニスが断続的に跳ねあがり、早くも射精感がこみあげてきそうになる。

「ダメよ、まだ出しちゃ。私だって、裕くんが望めばそれくらいは……。いいよ、裕くん、今夜は私のオッパイでも気持ちよくしてあげる。だから、出すのは私のオッパイまで我慢して。私、裕くんしか知らないんだから、全部、裕くんだけのモノだよ」

「りッ、リーねぇ……ゴクッ」

姉に負けじと身体を押しつけ、弾力豊かな膨らみを惜しげもなく左腕に押しつけてくるトップアイドル。潤んだ瞳で見つめられると、背筋がぞわぞわっとしてしまう。

「じゃあ、早速、ベッドに移動しましょうか」

身体を離してきた里美がリモコンをテレビに向け、パチンッとスイッチを切った。そして率先してソファから立ちあがると、艶然とした微笑みを双子の妹弟に向けてくる。すると、すっと梨奈も立ちあがり姉の横へと移動した。

「さあ、裕、行くわよ」

「裕くん」

「う、うん」

誰もが羨む美人芸能姉妹から蕩ける微笑みを向けられた裕一は、右手で勃起を楽な位置に調整すると、ソファから立ちあがった。

（本当に夢みたいだ。美人女優・桂木里美と人気アイドル・村松梨奈、二人がお姉ちゃんで、エッチまでさせてもらえるなんて……）

約四カ月前、父の転勤で母のマンションに引っ越したときには想像すらしていなかった現実。それが日常となっている幸運を噛み締めながら、裕一は美しすぎる二人の姉とともに、爛《ただ》れた夜が待ち受ける禁断の寝室へと足を向けるのであった。

◉新人作品**大募集**◉

マドンナメイト編集部では、意欲あふれる新人作品を常時募集しております。採用された作品は、本人通知のうえ当文庫より出版されることになります。

【応募要項】 未発表作品に限る。四〇〇字詰原稿用紙換算で三〇〇枚以上四〇〇枚以内。必ず梗概をお書き添えのうえ、名前・住所・電話番号を明記してお送り下さい。なお、採否にかかわらず原稿は返却いたしません。また、電話でのお問い合せはご遠慮下さい。

【送付先】 〒一〇一-八四〇五 東京都千代田区神田三崎町二-一八-一一 マドンナ社編集部 新人作品募集係

アイドル《あいどる》姉《あね》と女優《じょゆう》姉《あね》 いきなり秘蜜《ひみつ》生活《せいかつ》

二〇二一年十一月十日 初版発行

著者◉綾野 馨【あやの・かおる】

発行◉マドンナ社

発売◉二見書房

東京都千代田区神田三崎町二-一八-一一

電話 〇三-三五一五-二三一一（代表）

郵便振替 〇〇一七〇-四-二六三九

印刷◉株式会社堀内印刷所 製本◉株式会社村上製本所 落丁・乱丁本はお取替えいたします。定価は、カバーに表示してあります。

ISBN978-4-576-21161-9◉Printed in Japan◉©K.ayano 2021